INK

INK

文學叢書

066

江山有待

履彊◎著

目次

〈序〉

軍人履疆

汪啓疆

軍人履疆。我始終感受這名字比蘇進強來得鏗鏘；是大曠野中的勁草，步履踏實的覆蓋和據有著這塊土地。我喜愛且永遠這般稱呼：這位大地的軍人，土壤的戍守者；直到今天，他一直堅守著始終不變的個性，渾厚並且謙卑，是我心目中永遠的軍人。

●

軍人履疆的個性是將根深扎在土壤農村裡；由學生、一等兵、士官、軍官的成長過程中，有著軍人生活與文學創作等重的視野；堅持挺立姿勢，且對生長在這塊土地上的人作情愛傾瀉。這都蘊納入履疆的書寫情致中，釀生血肉、澱硬骨骼。他將青壯年代的軍中獲獎小說綜彙一冊，展示我們面前，無疑就是將上述的履疆作沉澱後的撈起；將腳印和鄉愁，呼吸與擁抱，汗水及淚水，生命同一切互動撞擊的火花啓示感動，作赤裸的回顧。而這「回顧」，更應許了他對繼續「前進」的闡釋、承諾，並且全心以赴。彷彿在宣示他沒有改變。

在那個年代，生命眞實得有些荒謬，充滿憨實愚誠及對戰爭單純已極的虐趣。小說也塑造得像似躺在陣地被太陽曬得發燙之軀體，會在夜的皮肉裡滲露骨骼磷光——會有這樣的一群人嗎？他們被時代灌輸了怎樣的人生態度啊？履彊再現了這份眞實，因爲他就是那個時刻的見證。

履彊的軍事小說，一些情節固然爲凸顯主題而營構，但確實要將周邊同自己血脂抽爲絲縷，一字一針編織才能成篇。「創作這些，不自禁落淚。」履彊向我談過：「時代的莫奈成了烙鐵印記，烙在歷史傳承、生離死別、反攻大陸的肉身上。那是一個人的身體啊！迫使軍人把自己從某些天平上取下，而自甘把生命擺上去。」他亮亮眼睛變得深邃，「那些基層老士官，他們是鐵，也是鐵鏽……。」

這就是軍人履彊的文學責任。血是熱的，心是沸的，文字則是冷澈的。曾有一次林燿德和我到他桃園租賃的家，匆匆自部隊回來的瘦黑履彊同愛妻碧蟬在窄狹已極的小屋接待我倆，履彊笑說：「碧蟬是我的根哩！我的心就種在她身上。但是她也知道，工作上的肯定比文學要重，她激勵我：軍人就要有一份志氣。」燿德和我星夜返回台北大直的路上，一直沉默。我低聲說了一句：了不起。

「我們加油吧，這是軍人骨頭裡的愛情。」燿德回應。

履彊的作品充滿了這些軍人魂魄。小說中述敘夢境，夢境裡魂魄都是前邁的火炬之光；是稻禾甘於刈割的禱告；是對記憶和生命的珍惜與檢視。履彊把自己揉捏在每個同袍夥伴之間，把戰爭、軍人情事作了縮結；他將軍隊這複辯封閉的柚橘內層，時代驅勢下的價值精神，石頭壓不萎的草根性，人之韌力，一一就自己所接觸參與的生死以赴的冷冽與情感，以當時共同認知的大方向，寫了下來。甚或直接探觸了死亡的命題。

那時候，連血裡面也有股力量。我們是在這股力量下，編織愛情、自己和未來。多麼地單純，美好的單純啊。自戰爭記憶中，以自己來詮釋和引申，寫自己所能觸及和揭開的極限部分，甚至含納了私處……作戰術、戰鬥與心靈反應的白描。那就是軍人履彊，癡憨愚誠、靈肉沸騰的人性美學。他在自我生命價值觀上投射出的寫實創作，作了大我小我間，軍人必然抉擇，呈現一張張魂魄裡透出的負片映象。

單純、誠實、忘我前邁的，軍人履彊啊。

●

軍人履彊，我還要說的是：現在的蘇進強，又是如何以整體戰略與生命面層，來省視愛情、自我和人們的未來呢？當「國家責任榮譽」已將「主義領袖」很現實自然地汰剔了，在他已離開軍職走到今日政治、戰略的層次，又是如何來看過去與未來？期許中華民國？探尋台灣的心靈異象？

這本書，應該是履彊的答覆。

他肯於重新回顧少年軍人的情懷職志，從昔年「大主台支」（註：大陸爲主戰場，台海爲支戰場）的戰略導向，進到本土意識的國家概念過程，再次袒開自己，僅僅只是告訴我們的後繼者，軍人不變的本質和戰爭死亡的那份人性。軍人魂的武者眞髓及傳統。馬革裹屍的天地浩瀚與坦率。

有一首詩，叫〈重量〉。是這樣內容：「他把帶血的頭顱／放在生命的天平上／讓所有的苟活者／都失去了——重量。」履彊要告訴人們，軍人的重量。

我一直看到那一夜：他和碧蟬，兩人的愛，和你我的心。

一切要有答案。軍人的答案只有一個。

●

軍人，履彊；加上火辣心熱的出版者初安民兄，兩位迸裂出這本書，是有其共識與深意的。

在大眾與世俗社會，渾忘了一些不可失卻的認知與過往時，我們卻急於爲之再度闡述。曾在一次出海操演結束，有位夥伴同我趴在欄干遠瞅水平線。他悠悠地說：「我們總在動盪，而那根日落線卻不動盪。」我說：「它也是動盪的。」他突然回顧我：「你想過重生輕死這句話嗎？——這跟貪生怕死完全不同。」我眼睛還在水平線上：「我懂。」履彊則是把這個「懂」字，放在他這本小說裡。

我也想起，另一位現職軍中的夥伴向我說的另一句話：「你知道嗎，學長。軍人不是我的職業，不是我的事業，是我的宗教。」這該是《江山有待》這本書名的眞義和象徵。

出版這本集子的初安民，也傻愣愣地完全接納。

●

江山有待，我們都要知道，其實戰爭是極挑剔且有高需求的。不是男子漢的骨骼，它就將之呸出來。

戰爭即有所待。而和平與愛，是要以怎樣智慧清澈的決心與甘心，立在大我小我間穩椿般峙然？季節更迭，秋刈春織，這中間不是燈火、柴薪、眼淚說得盡的。死亡，則更是緘默。

但總有一些人站在在我們面前，一些手伸在我們面前。江山有待，就是這樣的一本書。

軍人履疆，我懂你的心。

中華民國九十三年八月二十五日

〈代序〉暗夜中的行軍隊伍

履彊

暗夜，紡織蟲在茅草厝頂、土角牆縫間，此起彼落唧唧叫。令人懊惱的是，屋後竹林過去那一片土豆園，那白天還叫不累千萬隻的蟬，好似受到魔神驅使般，竟然不分黑白反常地鼓翅、鳴叫起來。

然後，一陣陣刷刷的腳步聲，由遠而近，好似要把碎石踩得更碎一般。我睜開眼，恍惚一會，傾聽，的確是一群人的步伐，的確是吵死人的蟬鳴。不是夢啊！我捏著自己的手指節，再次確定耳蝸裡的聲響並翻身下床。

沒錯，是一連串、一行行、一列列的軍人隊伍，行伍間，夾雜著帶隊者壓低嗓門的喝叱聲，以及伍與伍間鋼盔或工具的碰撞聲。林子裡的狗，見了鬼似地狂吠起來。

我沒有再睡著，歐多桑和阿娘、阿嫂伊們也是，有的飼牛吃草，有的準備餵雞鴨甘藷簽，也有在灶腳弄響鍋鏟的。我利用神廳十燭光的燈光，裝作很認真地背著國語，腦袋裡卻裝滿戰爭、戰場以及英雄的影像。

跳上牛車，跟著上田的大人在暝暗的天色中上學，從籬笆的狗洞鑽入校園，教室根本沒有燈，但因爲行軍的部隊進駐，走廊和操場上的帳棚，一盞盞手提馬燈和快熄不熄的手電筒，映照著正盥洗或準備集合的士兵們的身影。我依在鞦韆架，張望著操場裡的軍人，好似蒐集情報般，想著反攻大陸的壯烈場景，並待部隊開拔後站到司令台上，學著喊口令的値星官，練習敬禮、向左轉、向右轉、向後轉的姿勢。

每天，我總是第一個到學校，覺得自己必然會是一個叱吒風雲的戰場指揮官，一個將軍，並且努力說服同伴們，相信我所說的，國軍即將從鴨綠江打到遼寧、瀋陽，光復大陸河山，消滅萬惡共匪！彼時，父親的弟弟三叔被徵召前往馬祖，祖母每天哭紅眼，以爲我說的「相戰」將使三叔無法回鄉。

初中畢業後，我不顧家人的反對，到士官學校念免學費的書，並學習做一個雄壯威武的軍人，一邊聽著老士官們有關戰爭的故事以及他們離鄉千里想念家人的心事。

從老兵們粗啞的口令和身上的汗臭，我嗅到硝煙以及血的氣息，有時也和他們飲著甜膩的烏梅或嗆人的老米酒，品嘗老兵的鄉愁和離家男人眼淚的鹹辣。我成爲軍官但沒有機會參加戰爭，也沒有當將軍，但老兵們的生命經驗，和我在故鄉的文學記憶，交織成爲我描述戰爭、軍人和鄉土小說的場景。

青青子衿

青草地之夢

記得年少時
穿著一身寬大草綠軍服，
那般勇敢的折磨自己。
有時候，
打架也是快樂的享受。
對於戰爭，
如同對於女人，
既陌生而又渴想著，

既好奇而又不敢著。
那遍地的青草，
多少夥伴滾過、躍過、爬過，
多少亮耀的青春發著光，跳動著。

清晨，母親輕輕叩響我房門，我睜開眼睛，聽到她柔緩的腳步，向廊外走去。

穿好昨晚熨燙筆挺的衣服，我打開窗子，一股新的軟涼的空氣，叫人感到舒暢，我朝鏡子裡的自己微笑，拎起皮箱，帶上房門，我將告別這間三坪大的屋子。

爲了不使自己顯得猶豫或者一點點的不安，我故意踏響房間，如同操課中的士兵，精神抖擻。

客廳裡，母親正在擺置早餐，我看到她溫柔的臉上，有一抹不捨的神色。二哥昨晚回來，正和父親在沙發上談話，也許是討論關於我的，但這已無濟於事，我爲自己決定了這件大事，感到驕傲和光榮。

「早！爸、媽，二哥。」我相信我臉上透出的是成熟安詳。

「稀飯還熱得很，老三，你坐——」二哥指他身畔的沙發。父親微笑地看著我。

二哥想我早點吃完，去和其他夥伴會合。我仍然坐上餐椅，二哥心裡一定火透。

我胡亂的撕了片土司，塞進嘴裡。二哥離開沙發，也上了座。我勝利了；以往，二哥是權威，我什麼都得聽他的。

「老三——」他沒有動碗筷，「考慮清楚了？你對軍中生活了解了多少？」二哥問。

「人如果一直生活在固定的模式裡，只有僵化與死亡一途。」我應用了從哲學書上背下的句子，十分認眞的說，雖然我極不願在早晨就提什麼死亡這類的字眼。

二哥看著我，「你認爲自己已經可以出去闖了？」

「我有信心！」

父親放下早報，憂慮的望了我一眼。

「吃吧，小弟。」母親坐到我右邊座位上。

「這不是有沒有信心的問題，關鍵是你有沒有實力，老三，人總有錯誤的時候，我是說，你可以改變這個決定，而且對你不會有任何傷害。」

「謝謝你，二哥。」我心猛然一悚，但仍平靜的說。

母親抿著嘴，眼裡閃著淚光。

「放心吧，爸、媽，別用太多的關心，削減我出發的勇氣。」我微笑而文雅的說。

「幾點鐘的火車？」父親問；從昨晚到現在，這是他第六次提出相同的問題。

「爸，火車在八點十七分開。」

我突然想到一部電影的情節，一個年輕的軍士，也是在這樣清亮的早晨，告別他的親友、妻子，他們微笑送他登上火車，他將遠赴南方邊界，去參加衛護國土的會戰，笑意裡，淚彩晶瑩，他們看著火車朝向日出的方向，緩緩開去，天邊，晨曦正豔……

我喝下第二碗稀飯，像一名粗獷的兵士，用手抹了抹嘴，滿不在意的站起來，「二哥，別以爲我這是背叛，你老弟已經不用人家扶著走路了，就讓時間來證明一切吧！」我爲自己能講這一番話，感到高興，「當然，我會想念你們。」

臨出門時，媽塞給我一個小布囊，沉甸甸的，不外是錢或是平安香火之類的吧！我在心裡笑起來；又不是演電影。

二哥用摩托車載我到車站，一路上，他沉默著，我則輕輕地吹著口哨。

「老三，如果——」二哥壓低聲音，「如果，你的身體吃不消，你就回來。」

「二哥，一切都會出乎你意料之外。」我昂然回答。

他不以爲然的笑了笑。

也不知道小莉她們怎麼知道的，我們想躲開，小莉卻已發現我們，她們嘟著嘴同一種表情，氣沖沖的快步走來。

小江、阿王吹了聲口哨，「呵，追魂女煞星。」和她們還是在電動玩具店裡認識的，我、小江、阿王和她們玩了整個暑假。

「幹嘛啊，送君出征啊。」阿王先發制人。

「送你的大頭。什麼意思嘛，什麼意思嘛？一跑了之。」小莉眞有女煞星的氣勢。

「嘿嘿，奇怪，我們去鳳山，難道還要先向你報備不成，又不是同你們有什麼瓜葛。」小江特別強調「瓜葛」，十分曖昧。

「哎呀，眞的像演電影，這會兒送君出征，下回在鳳山可是千里尋夫囉！」一邊說我一邊提防李雯的指甲。

「看在朋友一場的分上來送你們，你們反倒自作多情起來了。」陳芳瞪著眼。

「喏！」李雯把手上的水果籃提了提，「在車上吃吧，別噎著了。」是一籃水梨。

說著說著，我們嘩嘩笑起來，笑聲裡，竟眞的有那麼一股離情，淡淡的哀傷呢！

車出苗栗，氣溫倏地燠熱起來，我想到口袋裡，母親給我的小布囊，藉口上洗手間，拆開來，竟是家裡大門的鑰匙，我把它緊緊捏在手裡，猛然一驚；臺中都過了，我離家二百里了啊！

同車的夥伴圍住來迎接我們的軍官，聽他講以前受訓的情形。我把鑰匙放到皮箱的底層，閉上眼睛，竟覺眼裡水意漸濕。

軍官教我們唱歌、答數，我們像印弟安人般呼嘯，過每一個車站，唱著。我也跟著大聲吼唱，心裡卻一直像梗著什麼。

「呵呵，親愛精誠，你們倆可眞愛到極點，打是親，罵是愛，哼！」班長先是熱烈烈的笑，臉一板，又是冷若冰霜，聲嚴色厲，「別的同學累得連作夢都忘了，你們，你們居然還有時間打架，好啊，班長慚愧，班長該死，訓練不嚴，管理無方！」

我和方振光被帶到操場上，班長一言不發，猛向前撲，漂亮的飛躍，我們跟著他後面，向前伏進、滾翻、跑、爬、跳。

滿天晶亮的星星，突然劇烈的旋轉起來。

空氣膨脹起來，我飄浮起來，前面的人影，急遽的飛起、飛落……

白天，野外炙熱的日光，在高地上升起來迷濛的氤氳，南風吹得人四肢疲軟，汗水把我們身上的草綠操作軍衣浸成深色，每個人的背上，染著一圈圈鹽的雪色。

六一二高地上的野外教室，簷角高高翹起，像一隻巨鵬，展翅站立的姿勢，高地的斜度太陡，我們一遍又一遍的向上衝鋒，我實在無法承受這連番的躍進、伏行、奔跑、臥倒，我的速度慢下來，動作變得遲鈍，像一隻脫水的蜘蛛趴臥在散兵坑裡，費力的喘氣，我聽到班長說我們沒有戰鬥互助的精神，需要加強磨練，全班的目光集向我。

休息時，方振光走過來，說：小唐，你實在應該回家，把骨頭養重一點，否則你永遠像一隻沒有蛋的蟹。

他的話，引起一陣朗笑。我瞪著他。

別瞪，一個連體檢都幾乎通不過的男人，竟想上戰場當英雄，未免是作白日夢吧！

班長說過，黃埔是鑄造英雄的洪爐。

英雄，哈，稻草人可以當英雄啊？有人笑著說：古有唐吉訶德，今有本班班兵唐吉德。古今相輝映，唐家眞是英雄世家啊……

他們洪亮的笑聲淹沒我。

夜晚，我輪站衛兵，望著晴亮的夜空，我深呼吸，覺得孤獨而又委屈，他們太小看我了。同來的小江、阿王一入伍就分發到別連，到現在還沒聯絡上，也不知他們過得可好？

我舉槍，在廊下，對著漆黑的夜色突刺，我突然感到全身充滿了力量……。下衛兵後，我叫醒方振光，然後，我們走到空曠的草地上。

我低聲吼叫，出拳，像受傷的野獸……

暗黝裡，人影斜斜奔來，是班長。

這實在是叫人沒有話講的處罰，我倔強的站起來，夜風很涼，滿天星星倏然一片黯淡，整個人頹軟下去，一種在深水裡沉溺的暈眩。

我感覺到被一隻有力的手扶起，然後，回到寢室，我清醒過來，全班同學都坐在床頭，有人遞過來綠油精什麼的，班長低聲吩咐方振光打一臉盆水，我躺下，他們擦拭我的身軀。然後，我沉沉睡去。

早晨起床後，打掃時，方振光面色凝重的挨到我身邊，「小唐，我向你道歉。」

我睨他一眼，他手臂上和我一樣，盡是含羞草的刺痕。

來自空官的楊平，拿著簸箕，走過來，「不是我說你們，一個班的同學都要幹架，難怪騾子要火大了。」騾子是班長的外號，他自稱是正宗的湖南種——他的雙親是同鄉。

和我一樣也是參加軍校聯招，考取政戰學校的于承祖，一向穩重，他也講話了，「小唐，你何必在意大方的玩笑？這是緣吧，想想咱們現在同班，結訓後就要回各自的學校，四年後畢業，一齊在三軍裡頭幹，現在不分彼此，以後碰在一起也熱火熱火的，多有意思啊！」

「阿于，又在心戰喊話了。」海官的董烈，最喜歡開玩笑。

「哎——阿于，阿于，那邊有片樹葉。」楊平指著水泥地上。

戴著深度近視眼鏡的阿于，瞪了他一眼，「你不會自己去撿啊！」大家嘩然笑起來，上回，熱心公益的阿于，在寢室樓梯口前，看到一片黃嫩的樹葉，立即彎腰撿起，害他愣了半天，原來那是一隻蝴蝶，這個「典故」是我們入伍生第十連的佳話！

「來！」董烈拉起我和大方的手。

我們的手握在一起，用力。

我和大方都以爲班長忘了昨晚的事了。班長是個瀟灑的三年級學長，除了平時凶得跟湖南騾子似的，星期假日通常都有約會。大方說他的馬子今天也會帶一票狐群狸黨來探望他，他拍拍我的肩，「小唐，我會挑一個身材和你相配的，介紹給你。」

「別中計，小唐，物以類聚，趙曉眞那一夥，個個都是彪形魁態的女羅刹，人家粉手一拎，你小子不提著腿喊救命啊！」董烈笑說著。

「上禮拜，趙曉眞來探班，我的天，我以爲她姑奶奶身上扛著一袋麵粉，害得我不敢正視她。」楊平笑著叫著。全班就屬他和董烈最活潑。

「本人正式宣佈，國仇未報，不敢言成家，三十不到，謝絕做媒。」于承祖一口台灣國語，逗得全班大樂。

班上九個人，有六個人今天會客，餘員三人無條件「留守」，我當然是其中一員，家裡三番兩次要來看我，都被我的限時信拒絕。

葉民從外面進來，指著我和大方，「班長要你們在三分鐘內全副武裝，司令台前報到。完畢。」

我和大方互望一眼，苦笑。

「還有餘興節目啊！」董烈說，「放心的去吧！小子們，我準備萬金油、綠油精等你們凱旋歸來。」

「楊平，趙曉眞交給你們了。」大方紮著綁腿。

我的動作一向遲緩，差點又把鋼盔戴反。

「哎喲！小唐啊，唐吉訶德好像不是緊張大師，怎麼你小子，全身細胞都繃得緊張兮兮的。」

董烈幫我整了整服裝。

走！我以衝鋒的速度跑向司令臺。班長站在司令臺前，正看著手錶。

「目標，七么四高地，跑步前進——」很簡捷的口令。

這火烈烈的男子，自稱爲正宗湖南騾子脾氣的班長，拔腿就跑。

我和大方緊緊跟在後面。

一定要撐到底！我對自己說。

大方始終和我並肩。我了解他的心意，「大方，你先衝。」我指指轉過「務實橋」的班長背影。大方還是和我並肩，我推了他一把，「別他媽狗眼看人低。」我可以自己跑；我大聲說，加快速度。

過了「覺民橋」，黃埔湖水光瀲灩，幾隻小艇悠然停在湖面上，湖畔四周的情人椅，已坐滿了人，都是一對一對的。假日出軍紀操沒什麼稀奇的，偏偏就引起許多人的注視，尤其是女孩子們，大方挺了挺胸，故作瀟灑狀，猛向人家舉手敬禮。

「大方，對不起，都是我害了你。」我說。

「跑就跑，磨鍊磨鍊有什麼關係，別多愁善感了，我可不會爲了這傷心。」

經過剛落成不久的專科部大樓，要命的是，迎面來的正是小江和張小莉。

「嗨！」我慢下來，「好久不見。」

小莉瞪大眼睛，「哇，小唐，幹嘛？」

「沒什麼，活動活動，減肥而已。」

我向大方介紹他們。

「你好嗎？」我們繼續跑著，小江跟著我跑一段。

「被磨慘了！」

「阿王呢！」

「音訊杳然。」

大方跑在前頭，算是爲我把風。

「小莉怎麼來了？」

「千里尋夫啊！」小江笑著說，「她找的可不是在下。」

「阿王？我？」小江點頭。

「我！」

「人家到處打聽你的消息，昨晚夜車來的，一大早就在大門口等，會客時間一到，她第一個向會客室報到。我剛好去幫一位同學帶家長進來，在黃埔路上看到她苦哈哈等著，她居然忘了帶你的信箱號碼，大門口衛兵怎麼查啊？」

「好了，你去陪她吧。」我看到大方猛向我做注意的手臂記號。

轉過竹林，前面是上坡，有得嗆的，大方慢下來等我。

「班長好像看到你剛才和人家講話。」大方警告我。

當然，結果是我又被罰衝了幾趟山頭，班長幹勁大，他也陪著我衝，大方原來在樹下休息，大概不好意思自個兒涼快，跑到一邊做起伏地挺身來了。

我們三個人的臉都漲得紅紅的，班長問：痛快嗎？

「很痛快——」大方和我回答得不約而同。

騍子臉上有笑意，「班長今天本來要出去，臨時決定延後，先來和你們玩一玩。」

「謝謝班長。」

「嗯，方振光，唐吉德——」我們倆答了一聲，「有！」

「還想打架？」

我們互相對望一眼，笑了笑，搖搖頭。

「力氣多，哼！不會留著以後打仗用啊！」

「是！」

過了木麻黃樹林，班長約是趕著約會，竟飛快的跑起來，自然，我們又跟著他跑。大方的趙曉眞，還有張小莉也一定等急了。

下坡，我全身充滿了飛翔的快意。

●

我逃避張小莉的主要原因是，我沒有時間。

我必須利用僅有的假日，練習一切戰鬥技能，尤其游泳，我幾乎徹底的失去信心。

上週三第一次上游泳課，我一直在淺水區垂直蛙泳——兩腳著地，兩手划水，被教官發現，他限定我在一個月內完成二百公尺。

唐吉訶德變成我的諢名，班上的夥伴們喜歡拿我在游泳池的事來糗我，他們的幻想力豐富得驚人，居然說唐吉德垂直蛙泳的姿勢，就是當年唐吉訶德騎在瘦馬上的英姿。

我無法忍受在眾目睽睽下，被教官或同學指正時的窘困。

週六下午，我被派任游泳池清洗公差，我就看清楚器材室後的牆角缺口，當時我站完二三〇〇至二四〇〇衛兵後，我潛入游泳池內，決心泡它幾個小時。

下水時，我非常小心。下午才換的，水很清澈，也有些冷意。

我按照要領，讓自己輕鬆的仰躺在水面上，教官說，全身的肌肉要放鬆，像魚一樣，優悠游哉的漂浮起來，漂浮起來。……

而我始終無法做到放鬆自己，平時被笑說和白鷺鷥腳一樣「壯」的大腿，一下水，就是漂不起來，像綁上千斤重的鉛，把身體拖成垂直。

我閉住眼睛，讓思維在睡眠狀態，把水想像成床，一張充滿彈性的床。我想到家裡，我那張伴我十數寒暑的彈簧床，想到客廳裡，軟綿的沙發，我忽然濃烈的想念起家裡的一切了。

我十分驚異，我居然能夠漂浮了，這是幻覺嘛？

我划動雙手，讓手揮動的方向和腳部配合，我的身體緩緩向前移動，我把頭部浸泡在水裡，抬起，眼前的黑沉幻然成白濛。

信心是力量的根源。在淺水區裡，我以漂亮的蛙式，像横越英吉利海峽般的游過十五公尺的橫寬，然後，我緩緩走到深水區，月色下，清湛的水在白色磁磚底的泳池內，發出誘人的淺綠，我沒有猶豫，先在池邊，做漂亮的動作，我覺得美極了，在深水區要好的多，我對自己說；怕什麼呢？

我漂在水面上吹口哨，仰望天空，耳邊充盈水波搏動的聲音，這是多麼輕盈美妙的音樂啊。

來回游了幾次，從十五公尺橫寬，到二十、三十、五十公尺，雖然還是會喝水，也喝得肚子飽飽的。

我上岸，用草綠軍衣擦拭身體的水珠，這是一個多麼美好的夜晚。我跳躍向夜色的天空，我想歡呼！

當我正要跨出牆隅缺口時，赫然發現臺下隱藏著人影。

「誰？」我喝問。

站出來的竟是班長和董烈他們。

「唐吉德，好小子！」大方當胸搥來一拳。

我立正站好，「報告班長，入伍生願受應得的處罰。」

班長的臉，在暗黑裡泛著汗光，我看不清他的表情。

「班長剛才在爲你祈禱。」董烈說，「你跑到深水區，我們就一直隨時準備應變。」當然我知道這小子所強調的「應變」是什麼意思。

騾子還是沒有講話。

「班長上了年紀，晚上睡不著，經常起來查鋪，一看你不在，馬上召集我們組成潛水隊。」楊平半開玩笑半認眞的說。

「報告班長，入伍生對不起你。」我恭敬的說。

「找到美人魚了嗎?」班長終於開口。

「報告，沒有!」

「我不知你什麼時候，會再失蹤。」騾子想笑的樣子，「班長年老力衰，心臟功能不太好，唐兄——」

「有!」我忍住笑。

「唐兄，請你爲我想想，否則我一天到晚跟林黛玉似的，捧個心到處去找人。」

董烈他們嗤嗤的笑起來。

「也請你爲國珍重，不要再到水底冒險犯難。」

「報告班長，沒有關係啦，張小莉豁得開，她可不在意唐吉訶德。」于承祖嘻嘻哈哈的說。

回到寢室，我正要上床，沒想到班長端來一杯香甜的可可。

「喝掉!再睡。」命令的語氣。

我用雙手端起杯子，讓掌心感受到磁杯的暖意，我深吸口氣，忽然感到眼裡也潮熱起來。

入伍教育結束後，董烈、楊平、于承祖分別回海、空官和政戰學校，大方也返回財經學校報到，剩下我們五個人分別分發到各連接受學科教育了。

而我一次期中考的成績，叫我愣了半天。

阿王和我編在同一個連，小江在隔壁連，我們「鐵三角」的關係又告恢復，只要假日，學生俱樂部的彈子房、中正堂電影院、圖書館、黃埔湖、後山、中興崗，我們的影子總是湊在一起。

成績單寄回家裡，二哥夾在信裡寄還給我，他在信上寫著；爸、媽沒有看到成績單。阿王的成績在高中時一向不差，這回也和我一樣，萬紅叢中一點綠。

「慘！」小江拾起一粒卵石，朝山腳下甩出。

我們坐在六么二高地，在向晚的天色裡，吹著十二月的冷風。

「投筆從戎，投筆從戎，嘿，從戎啊還眞不能投筆呢。」阿王有感而發。

小江苦笑，「我眞難以想像被當的滋味。」

阿王拔起一棵葦草，將白花拈散，丟散在風裡，一下子飄吹向高地下的窪谷。他皺了皺眉，「這回可眞是驚心動魄。」

「看來得取消咱們的寒假計畫。」我說，「長痛不知短痛，細水長流的日子並不好過。至於梨山、合歡山，它們不會因爲咱們今年沒有去攀登，而感到寂寞，或少掉幾公分。」

從六公二側翼的斜坡路下來時，已是暮靄沉沉，我們的衣裳被風灌得飽飽的，斜坡很陡，讓人有種乘風歸去的感覺，阿王和小江緊抿著嘴，我們踩著斜坡上的卵石，向高地下緣奔行。

按照規定，每一個學生都必須在規定時間內就寢，我和阿王、小江商議，決定在夜半時起床，到寬敞乾淨的廁所裡面看書，因爲其他地方不能開燈。

夜半一場雨，氣溫又降低許多，站完衛兵，我叫醒阿王，小江已經在走廊前等我們了。

「走吧！」

「眞是三更燈火五更雞，寒窗苦讀啊！還好，廁所裡一點臭味都沒有，要不然，人家要認爲我們喜歡聞『香』。」阿王輕聲說。

沒想到，廁所裡僅有的空位，早已被占住。小江、阿王、我三人對看一眼，會心的笑了。

有一天夜裡，衛兵忽然緊張兮兮的叫醒全連同學，大叫——失火，失火了——失火了——

等大家拿著臉盆集合完畢，卻沒有發現任何失火的狀況，原來竟是一位同學躲在被窩裡，打著手電筒的燈光看書，一邊害怕被發覺，一邊又非借助燈光不可，如此熠熠閃閃，引起一場虛驚，後來，連上採納了同學在榮譽團結代表會，所提的建議，在就寢後，起床前各一小時，開放中山室讓同學們看書。

那天，複考的同學陸續回校，阿王和小江卻一直不見蹤影，我為他們著急，按規定，放棄複考，等於死當，非降期不可。

我以為他們會在考試以前回來，監考老師一一點名，可以確定他們缺考了，而且是嚴重的無故缺考，降期是唯一的路，此外，可能還要追查原因，受到記過以上的處罰將是免不了的。

我感到十分納悶。

下午，考完試收拾好行李，正準備離去，驀然，走廊外，傳來一陣急驟的腳步聲。

阿王！我衝出去，一把拎起他的領口，我幾乎揮拳，他和小江怎麼可以放棄複考，放棄爭取榮譽的機會，怎麼可以？

我沒有出拳，我看到他身上染著血跡。

「怎麼回事？阿王——」我大聲問。

連長和留守人員都出來了。

「火車出事了！」他疲倦的坐在椅子上。

「阿江呢？」我幾乎是吼叫，不祥的感覺襲上心頭。

「江天浩只受了輕傷，他還在現場幫忙搶救，我先回來。報告——報告連長，我缺考不是故意的！」

連長拍了拍他肩膀，「先去洗個熱水澡，我會把這件事向長官報告，你別急。」

我舒了口氣。

小江在當天晚上回來了。我連他的臉都沒有見到，他和阿王就被校長召見了。

連長說：校長除了慰勉外，並且特准他們補行複考——在校長室。

阿王和小江拿了兩個校長給的大紅包，回到寢室，我們緊緊的握手，拍肩。

「小唐，未免太小人之心，居然說我們貪玩，放棄複考。」阿王說。

「該搥他一頓。」小江說著，當胸一拳擊來。

我厚實的挨了一拳。

「我錯了，我的兄弟怎麼會呢？怎麼會把榮譽當成兒戲呢！我保證以後，不再懷疑你們缺考的原因。」

「哇塞！小子咒我們再複考？還要我們再缺考？搥！該搥！」

兩個人又是一陣追擊，我挺著胸，硬挨了一頓拳頭。我們高興得大笑。

●

一大早，我們換上猶帶著新鮮綿織味道的衣服，像嬰兒那般喜樂，一種過生日的心情。

我們期待，從入伍第一天起。

期待這個嶄新、湛亮、壯麗而又莊嚴、隆重的日子，終於在清晨逐漸煥亮的曦色中，朝霞般的在我們敞開的胸膛裡湧動。

梅雨剛過不久，大地如洗，這個日子本來就是這麼乾淨，充滿音樂、花香，國旗在校園各角隅，溫婉而豪壯的招展起來。

偉岸的男子們，一群年輕的軍人，以有力的步伐，配著軍樂，一步一步的踏出雄壯與美，軍歌響亮起來，這種發自男子的丹田，明朗、簡潔，讓唱的人，邊出聲邊感覺全身血液澎湃的聲音。

晨曦最是燦爛，六月十六日的陽光，閃映在這一群驕傲穿上軍衣的男人們的臉上。

部隊就位完畢，我們等待，一種企盼的心情。

阿王站在我身邊，我們沒有講話，眼睛緊緊盯住前方寬闊如磐石的司令臺，當樂隊奏起禮樂，我們的胸脯向上升挺，我們柔和的呼吸著，觀禮臺兩側的家長們，不約而同的肅立，把視線投向中央，空氣裡瀰漫著溫軟、安詳、典雅的香氣。

禮砲在青空中響亮。

國旗壯麗端秀的姿顏，在微風中昂揚。

指揮官洪鐘般的口令，緊緊扣住每一個人的心弦。

最高統帥，我們的總統，以沉緩有力的步伐，走上司令臺。

我們屏息，仰望。

有一股聲音，在胸中澎湃，是一首歌，引著我們全身的血液滾燙起來。

陽光太豔，空氣裡散擴著金麗的陽光。

總統頷首回禮。

總統鏗鏘的音調，剴切訓勉，我們被震顫，我們感到身心激盪起來，意志升騰，氣力磅礴。

我握緊槍，像拿起火炬那般感受到灼熱和興奮。

統帥走入隊伍裡，操場上，乾朗的陽光，陽光洗亮如黃金。

總統好——

總統好——

統帥在列子裡，拍著年輕子弟的肩胛。

我的眼睛，一定被汗水弄痛了。

一股無比強大，寬闊如大海的親柔，正緩緩向我湧來。

這是夢嗎？

總統站在我跟前。

總統微笑。

他舉起手，在我淋漓著汗水的臉上拭了拭，累不累？他問。

報告總統，不累。

我沒有理由流淚，但我的眼睛蓄滿了淚水。

董烈、楊平、于承祖他們也都是返校一齊接受校閱的部隊，我們見面，談入伍時的糗事，送他們走後，我正想回寢室休息，卻看到小江朝我跑過來，他焦急的抓住我曬得發紅的臂膀。

「噯，唐吉訶德，你小子騎什麼馬，到處晃蕩，到處找不到你，唐伯父他們正在校史館參觀——」

「我爸爸！」我感到驚訝，父親退休以來，便過著平淡、安和，幾乎隱居的耕讀生活，除了照顧果園，料理他的花棚，培蘭蒔花外，從來不過問餘事，也從未在社交場合出現；連送大哥出國、二哥研究所畢業、開公司，他都置之度外，差一點引起別人誤會，說他對妻子、兒女缺乏親情。

「別急，還有你媽媽、二哥，還有——」小江一邊推著我，一邊賣關子，我沒有搭理他，我只想看看父親。到官校三年，家人第一次來看我，一方面是因爲他們忙，一方面也是我自己不願讓他們看到自己穿著鬆垮垮軍衣笨拙的樣子。

校園裡，滿滿的人潮，校史館內有好多人在攝影留念。

「阿王陪著他們。」小江和我登上二樓。

我一眼看見父親的背影。

「爸！」我走到他身邊，向他敬禮。

突然我發現父親眼裡充閃著水光。

「辛苦了。」仍是沙啞沉緩的聲音。

「媽媽他們呢？」

「王同學陪著他們下去了。說是要到圖書館。」

「我先去找他們。」小江說。

父親看得很仔細，我恭敬的站在他旁邊。

下樓時，父親拍拍我的肩，「阿德——爲你感到驕傲！」

「爸，謝謝您！」我誠懇的說。

這是我第一次聽到父親表達他對兒女行爲，最完整的意見。

走出校史館，母親和二哥正迎面走來。小江背著相機，前前後後的跟著，他是攝影社團的總幹事，今天可夠他搶鏡頭的。

「媽，二哥！」

母親執起我的手，微笑。

二哥朗邁、寬大的臉上，泛著汗光，「老三，我們中午在電視上，看到總統爲你擦汗的鏡頭。」

「全家人都爲你感到光榮和驕傲，剛好——」二哥指著後面，我看到張小莉、李雯、陳芳，「他們三位小姐也來向我請假。」

小莉、李雯、陳芳蝴蝶般飛過來。

「嗨！」

阿王臉上堆著得意的笑容。

「什麼？二哥，你說，請假？」我問。

「是啊！去年公司招考職員，他們一齊考上的。」

「別又小人之心啦！」小江湊過來，「人家可是憑實力的。」

「哼！」小莉頭一揚，「你以爲什麼啊？」

「是湊巧，阿德，你別又發揮你的幻想力了。」陳芳說。

「也是緣分啦！」母親笑著說。

父親站在一旁，一直微笑的看著我們。

「我們坐飛機來的，老闆請客。」李雯說。

「我打電話回家，跟媽媽報備，爸爸也說要來，一家人就來了。」

「哇！我感到好意外！」

「你爸剛才還說，明年，我們全家一定要到復興崗去參加你的畢業典禮呢！」母親說。

二哥對我笑了笑，「老三，你走對了。以前，二哥一直把你當成一個貪玩、自私、褊狹、冷感的男孩，認爲你念軍校，只是滿足那份英雄感的虛榮罷了。」

「呵，我們的唐吉訶德——」小江說著，沒有提防我擊中他肩胛的拳頭。「唉呀！他啊，可眞是經歷一番奮鬥的。」

小莉挨到我身邊，指著黃埔路，「官校的路，好直啊！」

我們坐在青翠的草地上，談著這些年來的感受，陽光照得衣襟烘烘的。

無論是苦是樂，這段日子都是我們生命中青春激盪，最是燦爛的時光。

排附與我

青春與愛

這些可愛可敬的老兵，
青春在哪裡？
青春像一枚熟爛的果子，
早已化成綠草下的沃泥。
故鄉在哪裡？
在某個子夜醒來的空茫裡，
在發射槍彈之後的耳鳴裡。
愛情是什麼？
酒以及槍以及鋼盔。

衛兵端槍攔住我，我只好把行李放下。

「我是你們的新任排長。」

從山下扛著大背包走到山上的據點，足足一個小時的行程，背包是愈來愈重，好不容易走上來，卻被堵在門外，衛兵硬要我出示識別證，否則只好站在外面；等，等能夠證明我是他們新任的代理排長王排附回來。

「兄弟，」我陪著笑容：「王排附早已知道我今天要來，昨天連部也通知了，我的識別證還沒核發下來，你們何必——」

「報告長官——」右邊粗高個的衛兵理直氣壯，「排附沒有通知我們。」

「兄弟——」我正色的，「我是你們的排長，從今天起，我們有很長的時間相處。」

「報告——排長。」左側那瘦小衛兵期期艾艾：「我們，我們是衛兵，衛兵，衛兵守則一……」

他要開始背衛兵守則，沒個完了。

「好吧好吧——」我搖頭，苦笑。

這是怎麼回事，王排附不親自到山下接我也就算了，至少也該派個兄弟等我，讓我背個大背包跋山越嶺，逢人便問路，差點摔到山溝底下不算，還不交代衛兵讓我進入據點，偏又遇上這傻哥兒倆，非罰我在火毒的陽光下站不可。

「部隊出操去了？」我極力的緩和語調。

痕。

「不知道。」乾乾脆脆的回答，那粗壯的高個兒睨我一眼，他手臂上隱約的一條青龍刺

「你們眞不信任我？」我當然不高興了。

「王排附帶部隊到山下去打球了。」瘦小個兒說。

唬！這還得了？我差點叫出聲。王排附眞是不知天高地厚，放著正常操課，竟下山打球去了，這簡直太藐視軍紀了。昨天，連長告訴我，這個排的成員雖然比較難以管教，不過，從派到此地擔任獨立據點後，就沒有任何違紀事件發生。他還提示我，王排附是個能力強，個性倔強，很負責任的資深士官，他年底就要退伍，一直由他代理的排長職務，上級曾考慮了幾個人選，最後才決定由我接任，原因是我由二兵到士官階級都在部隊裡，雖然我考取官校離開部隊整整四年，對部隊狀況卻並不生疏。

來吧！王排附你這個老古怪。我在心裡說。

想到這裡，心裡的忿恨也就消失了，這應是王排附的第一招吧！上帝要毀滅一個人，必先使這個人發瘋；嘿！他也許意料我已經氣壞了，就等著瞧吧！這兩個衛兵，應是王排附安排的一著棋，我看看他們，兩哥兒也眞寶，站得挺挺的，冷漠、嚴肅，好像全世界都欠他們倆什麼，死死定定的瞪著前方的山巒。山，在午後的陽光中，被一層朦朧混沌的氤氳籠住，幾朵雲懶懶臥在脊線上，越發令人覺得燠悶。環視附近地形，據點的位置當然是據點，只是選這個鳥都不願意拉屎的黃土高地，當作起居之地，未免太缺乏眼光了，聽說王排附是本據

點的開山元老，從偵察地形，到選定要點，規畫防區，構築據點工事，他都參與，從一知二，可見他這位仁兄不見得高明到哪兒。那層濛亮的氤氳逐漸黯淡，終於只剩下脊線上一抹金麗，是夕照時分，好個黃昏，我也站了好幾個小時了，這個老古怪可眞會整人。

「報告，報告——排長——」

瘦個兒眉梢挑起笑意，幾分憐憫，幾分嘲謔，聲音卻透著幾許做作出來的勉強，那是輕藐、侮辱，我還是壓抑住自己，淡然一笑，看他一眼，輕緩的回應他。

「嗯哼。」

「報告排長，我們這兒風景不錯。」

「當然。」

我看清楚他胸前名牌：周永明。

「你住在臺南市大同一路，對不？還有，你——」我轉向那粗壯高個兒：石貴昇。「你住臺中市自由路，家裡開設餐廳。」

周永明聳了聳肩，嚥下了一塊骨頭似的伸伸脖子。爲了知兵識兵，我從連部獲得這個排的全部資料，用了一天時間幾乎背爛了他們的個人資料，面對一個老古怪和一群被視爲難管難教的士兵，雖然不必如臨大敵般的戒愼恐懼，卻也必須知己知彼，步步爲營。接到命令時，同事打趣著說，我將是地方軍政首長，方面大員，聽了不由得叫人虛榮起來得意三分，前天清晨我離開原單位，自個兒扛著大背包，從臺北搭車南下，先到師部報到，又到旅部，從旅部到營部，轉到連部，一程一程，輾轉又輾轉，一趟又一趟的上車下車，不下數百公里，大背包跟著我上上下下，眞夠瞧的，而到了目的地，迎接我的是山色青青，路況複雜的排據點，還有刻意安排的不友善，以及一連串有待克服的問題；當然我是有備而來。

山腰處，忽忽一群漢子呼喝，順著彎曲山徑，唬唬唬唬一路奔著吆喝著，先是背著日影一行錯錯落落的黑點，一轉彎，迎著輝煌的霞光，他們像飛起的金色蝴蝶，旋著，飛著，一彎，又隱入林叢，一閃，又出現在麗亮光色裡，不是蝴蝶，是一隻隻鷹，一隻隻猛囂亢嘯的鷹，低飛，盤旋，忽忽的就飛上來，看清楚他們黑亮的裸身，赤紅臉面唬唬唬唬逼進了，我聽到一聲特別尖高的叱喝，他們便跟著扯著喉嚨，吆喝起來，每一聲雄渾的呼喊都要撞到跟前似地，我不禁有些感動，肅然了，這一群鐵錚錚的漢子。然後，他們撲擊向據點，我退到一邊，看著他們躍奔而入，他們無視於我的存在……。

山下忽又衝上來幾個弟兄，邊跑邊傳球，我有些不悅，叫住最後那名弟兄。

「排附呢？」

「排附回來了啊！」

「我是排長，請排附出來吧！」我看看兩名衛兵，故作輕鬆的：「他們一定要排附出來，才准我進去。」

周永明和石貴昇相視一笑，我看在眼裡，知道沒有猜錯，這一切都是王排附授意的。

「他們倆眞負責。」我加重語氣。

「哦，報告排長，我是第四班班長李信華，請排長等一下，我馬上請排附出來。」

「報告排長，排附請您進來。」掛著「安全士官」臂章的弟兄跑出來。

「嗯！謝了。」這又出乎意料了，王排附居然不肯出來接我？我仍然故作輕鬆，對著石貴昇和周永明說：「好了吧！排附准我進去了。」

兩名衛兵靠了個響腿，端槍敬禮，大叫一聲，——排長好！

「哦，是排長，辛苦了。」一張清癯多皺紋的臉出現在我的面前，

「是排附吧！您也辛苦了。」我說，伸出手，卻撲個空，這老古怪故意的，他的手在背後成稍息姿勢。

「衛兵很負責任。」我強調：「排附您教導有方。」

「哪裡哪裡，」多皺紋的臉上掛著汗珠，「我叫個弟兄幫您整理房間吧！」

「不必了，我自個動手，您去忙吧！」是拒絕，也是不滿，這個老古怪眼裡哪有我，我又何必自討沒趣。

●

夜深，山中一片沉黑，除了據點哨所微弱的小燈外，弟兄們都融入夜的黑甜裡，安謐的睡了。我巡視了各哨所，感覺格外清冷，一種深深的冷湛，從全身每一吋肌膚升起。

查鋪時，我發現幾個班長不見了。

王排附的房間裡，隱隱人聲，他也眞夠刁，熄了燈召集班長開會，也許是商量整治我的「處方」吧，我不想偷聽，反正，我豁出去了，只要我堅持不倒，十個王排附也推不倒我，如果王排附眞如此不明事理，如此麻木不仁，那他的才能再高，經驗再豐富，也是幼稚、膚淺、不足爲道，我又何懼之有？

回到房間，該痠疼的地方也又痠又疼了，倒頭便睡。

醒過來時，外面已是初露曙光，山中起霧了，我推被而起，腕錶上指針停在五上面，這是我多年起床的習慣時刻。

走到外面，除了衛兵，寢室內外空無一人，衛兵告訴我，王排附帶隊晨跑去了。

我決定要趕上部隊，雖然我可以不和王排附搶風頭，但我是一排之長，所有的操課訓練都必須以身作則，我不能第一天就讓弟兄們有個不好的印象。

我跑著，幾次都差點滑跤，戰戰兢兢的一步步踏出，這哪裡有什麼詩情畫意，不撞上路邊偶然突出的樹木，就要謝天謝地了。

霧可眞濃，濕冷的空氣叫人忍不住噴嚏，但我依然朝山下跑去，我要讓他們感到意外。跑著，腳趾猛撞向一塊石子，痛得我腰都彎不直，稍微按摩會兒，我咬緊牙根，繼續跑。

前方，人聲漸近，我聽到嬉笑聲，分明是排內弟兄，王排附這老賊，把部隊帶到路邊藏起來，還眞叫我以爲他是萬事莫如訓練急，大清早就幹開了。

我隱住身子，朦朧裡，弟兄們停止嬉笑，個個直立，只看到當中那人一舉手，大家就跟著舉手，那人正是王排附，他抬平的手慢慢放下，身子也跟著慢慢下屈，下屈，我也慢慢接近他們，我聽到霧裡發出很有節奏的喝聲，那是他們一抬手，一屈身的呼吸、發聲，每一個動作，都像一群舞者，在山林裡，在早晨的氲氤裡，這太奇妙了、太美了；王排附又是怎樣的一個人？他們呢？

突地，一聲高吭、引聲、長嘯，山谷回音如逼人的冷霧，弟兄們也高吭，也長嘯，滿山盡是啊啊啊啊……，冷霧似要被震散了。

他們沒有發現我，等隊伍集合好要上山時，周永明發現我，王排附跑在隊伍先頭，我加快步速，和他並排。

「早上……空氣……好啊……」眼前是陡急的上坡，講話也備覺辛苦。

「嗯。」他只微微點頭。

早餐後，部隊帶到據點前的小高地出操。他們似有意在我面前顯視那副吊兒郎當的模樣，我一言不發的站在旁邊，而王排附似乎也無視於弟兄們嘻嘻哈哈的樣子。然後，我要值星班長把隊伍集合好，我嚴肅的講解每一動作要領。

「現在，由王排附發口令，我帶著各位一動一動的做，任何人不准摸魚。」

我相信一句話——以身教代言教，對於我，也是考驗自己，我聽到背後吃吃的笑聲，我把臉面對他們，隊伍裡竟響起稀落的掌聲，而他們身上居然連一片草屑，一點泥污也沒有。

在學校時，我的戰術成績，不論實作、學科，都是全期數百同學中的佼佼者，難道他們比我行。

我幾乎是暴怒，我知道要控制自己，卻又脫口而出——不要臉的東西。

王排附臉上卻是平靜的。

我看到隊伍裡投射出來不友善的眼光。

我是永不妥協的！

國家既授予我的官階，賦予我的職責，我就不能欺昧良心，否則我對不起黃埔，更對不起父親。

父親在我畢業那天，親自趕到復興崗。

——小子。

他兩眼炯亮，打量著我，猛地一拳擊在我胸脯。

——將相本無種，哈哈，我這個一等一級士官長，有個中尉兒子，嗯，說不定是未來的將軍。

父親伸出手，用力捏著我厚實的肩胛。

——鐵肩擔重任，小子，你要永不妥協，接受得起任何挑戰。

永不妥協！永不妥協！

我擬定了整套營規準則，我告訴他們。

「從我開始，人人遵行，否則嚴辦。」

「如果，你們發現我排長犯任何規定，你們——」我環視全排，加重語氣——

「任何人都可以按照規定處罰我，我也會請求他調，以示負責。」

「全體幹部，更要以身作則。」

我把一些生活細節，一一宣達、解釋，儘管他們顯得有些沮喪，我仍絲毫不放鬆。

對王排附，我當然不好明確要求他什麼，畢竟他的階級，和父親一樣是一等一級士官長，他不和我合作，我就不相信自己無才無德到帶不好部隊，非要他協助不可，何況，他就要退伍了，我必須逐漸的轉移弟兄們對他的依賴。

從紀錄上顯示，本排的訓練績效一直是全旅數一不二的，可是自從我接任以來，不到三個月，無論是營部測驗，旅部、師部的抽測也好，成績竟一落千丈，連師長都感到意外。

將軍那天到達據點，雖然也是笑吟吟的握握我的手，笑吟吟的說：杜臺生，加油唷！但我眞是百感交集，無言以對。

將軍說；王排附是全師最資深的士官幹部，將軍還是中尉副連長時，王排附就一直在連部，那時王排附是伍長。

我忖了忖，原來，王排附和將軍還有這麼一層關係，難怪他有恃無恐，也難怪師長經常到據點來，也許，他在師長面前把我說得一文不值。

將軍要傳令去找王排附來見，王排附正帶著兄弟在構築碉堡周遭的僞裝。

莫非，這老古怪知道師長今天要來，才那麼令人感動的格外勤快？自我報到彼日，他從未如此過，他一直沉默冷肅，甚至是懈怠，部隊出操，他從不向我報告，便自動留在據點裡，上課時，也只是躲在隊伍後面瞌睡連天。

「王福祥——」

將軍清亮的嗓子，夾著喜悅，像老友重逢。

「師長好！」

遠遠的，王排附跑步過來，敬禮。

「好吧？好吧？」

「報告師長好，好！」

「嘿嘿，快退伍嘍！」

將軍笑得滿口整齊的白牙露出來，伸出手，輕輕拍著王排附的肩膀。

「準備幹啥去啊？」師長的川音濃了，原來，王排附和師長還有一層同鄉關係啊。

「我，我——」

王排附幾乎是一種小男孩子面對久未見面的父親，那種靦腆、羞澀，不知怎樣回答。

「也該休息了，嗯！」將軍看看我，又對他說：「新來的排長好吧？」

「報告師長，好，能力強，很負責。」

「嗯嗯，畢竟年輕，在你退伍前，好好輔導他。」

王排附現出曖昧的爲難神色，將軍一眼看出來。

「新官上任，三把火。總是燒得烈烈的，是吧！」將軍又面向我，笑吟吟的。

我在心裡對自己說：我的火，不會熄的。

「加油！加油！」

將軍又握握我的手，登車離去。

王排附一言不發的回到寢室，我暗笑一聲，老古怪的勤快，眞是唱作俱佳啊。

晚飯後，王排附在我桌上放了請假簿。

我愣住了；他不是一向不請假、不休假的嗎？

隨即我吁了口氣，有一種勝利的快意從心底升起，我停止了所有外務，幾個月來沒有休過假，甚至連家書，和給玉清的信也少了，我專心一意的要幹好排長這個職務。

我拿起紅筆，大字一揮，批個「准」字。

政戰士敲門進來，送給我一封信，是父親寫的。

臺生：

怎麼了，當了官，我這個士官長老爸，就不放在眼裡了？家不回，信不寫，連人家玉清也不搭理了，小子，你可別另築「陣地」，這點，老爸不同意。（當了官的兒子，士官長老爸只能用「不同意」這三個字，以前是「不准」。）

當然，知道你忙壞了，無暇顧及兒女私情，是吧？你小子火氣旺盛，也是子承父志，想當年老子投考中央軍校不果，補了個文書兵的缺，這一氣，三十年過去，一等一級士官長退伍。（你又說，好漢不提當年勇，是吧？）

總之，軍人事業是一種焚燒自己的事業，你必須永不妥協，永不退卻，也要懂得加柴添薪，才能燒得久、亮。

你媽及弟妹均安，勿念。

祝

安好

父字

父親的豁達幽默，使家裡洋溢著明朗、快樂，他最常以當年體重不夠，被拒在黃埔軍校門外的事，來揶揄眼前自己虎背熊腰，肚子渾圓。雖然他沒考取軍校，來臺後，卻一直在官校服務，也使我和弟妹們耳濡目染，家裡除了笑語歡歌，便是那股蓬勃的戰鬥朝氣，父親有時還以教育班長自許，出我們小操呢！

看完信，長久的抑鬱一下子化消了，我又感受了父親的愉快，覺得世界一切都美好起來。

連長的一通電話，卻又使我的情緒陷入低潮。

「老弟，怎麼了？先別慌，聽我說——」

「是的！」

王排附居然寫報告，申請他調，在他臨退伍前一個月。老古怪！我在心裡咒了聲。

「他有些消沉，你別怪他不給你面子，事實上，老弟，你一到任，他就感受幾分不自在了，想想吧，人家幹了三十多年，人家自有人家驕傲的理由——」

「可是——」

「別急，我知道，你夠受了，老弟，令尊不也幹了一輩子？想想，我們還在娘胎裡，人家便刀裡來，槍裡去，好了，一傢伙，我們長大了，管到人家頭上，想想，將心比心……」

「報告連長，軍隊講求的軍紀，軍人以……。」

連長又打斷我的話：「嘿，我知道，我知道，沒有錯，服從是軍隊體制的根本，這個我不懂嗎？可是，老弟，你一定也了解什麼叫做領導統御。」

「報告連長，我已經用盡一切辦法，也已經——」

「你也容忍到極限了，是不？好了，我沒有責怪你的意思，也不是要求你鄉愿到家，只是，我問你，對王排附，你再也沒有辦法嗎？你這是贏，還是輸？在你未上任前，你的排，在他領導下確實有聲有色，這也並不是說你能力比他差，不過，我們不妨研究，他爲什麼化積極爲消極，這是從未有過的事，老弟——」

「我想，老弟，尊重人家是我們應有的風度，你知道，他一輩子在軍中，臨退伍了，心裡上總是不舒服，再加上你一上任，就火辣辣的，把他那股幹勁給比下去了，他自覺學識不如你，當然消極了。」

我錯了嗎？

「這樣子吧，你先設法安撫他的情緒，記住，他是我們的父執輩了。」

笑話，難道我要以對父親的態度去對他；撒嬌？

尊重他，他尊重我嗎？

隔天，王排附剛出門不久，第二班施吉成就來向我報告，他掉了兩千元。

施吉成是一個老實得可愛的弟兄，我幾乎氣極敗壞，經驗又告訴我，先不要聲張，那兩千元是施吉成省吃儉用，準備拿回家孝敬父母親的。

野外教練時，又有一位弟兄扭傷了腳，整個腳腫得像大蘿蔔。

很奇怪，今天的內務又是一團糟。

弟兄們無精打采，這是怎麼回事？

吃過午飯，我集合部隊出基本教練，我陪著他們，直到汗流浹背，才解散隊伍。

我趴在桌上，正想假寐一會兒，又有人敲門。

「哪一位？」

「報告排長，會客。」是安全士官的聲音。

「誰？」我一躍而起。

「我！」

赫然是父親和玉清，我愣了一下，父親張手迎過來，用力在我肩上一擊。
「想不到吧？」
「昨晚才收到信。」
「這叫迅雷不及掩耳，誰叫你——」
我指指旁邊的弟兄，連忙把父親和玉清迎進房裡。
「誰叫你無情無義，苦了我們家媳婦。」父親壓低聲音，卻又朗朗的笑起。
「哎呀，是伯父硬要人家陪他來的嘛！」玉清摘下草帽，睨了我一眼，把手上的水蜜桃放在桌上。
「眞這麼忙？」父親坐在床沿。
「忙！」我斟了兩杯開水。
「你媽怕你三丈火還沒冒完，怕你燒昏了，要我急急南下看看她寶貝兒子。」
「哎，我又不是——」
「是啊，你都不是小孩兒了，而且還是一山之王啦！」老爸打趣的說。
「剛才那衛兵好凶唷！」玉清嗔著。
「有梁山泊一百零八條好漢的味兒，軍人嘛，就應該這麼的。」
我苦笑了一下：「我可不願當山寨王。」
「人家玉清可也不想當壓寨夫人哪！」父親說著又哈哈大笑。

「哎呀——」玉清瞪了我一眼：「都是你。」

「說眞格的，小子，幹得好吧？」

「好……」我不置可否。

「我看，不見得好，你面有菜色，敢是操勞過度，唉！玉清——」父親又在開我玩笑了。

「是啊！我很想念玉清做的菜。」

「哼！」

「眞人面前不說假話，小子，老爸雖然退伍了，卻仍保有滿肚子貨，要看你怎麼挖，我才怎麼告訴。」

我把報到那天，到今天所發生的種種經過，做一描述，父親聽了呵呵的笑了。

「倒眞委屈你了。」

「還吹牛說是什麼地方軍政首長，眞是——」玉清投過來關懷和責怪的眼光，「還以爲你眞是負著軍國大任，忘了我們這些小老百姓了呢！」

「對不起，玉清。」我向她點頭道歉，拉開抽屜，裡面是一團寫了又撕，撕了又寫的信紙，「你看，我可不是故意的。」

「你也眞是，小子，女人啊，你不能不格外小心去應付他們，你知道你媽急得以爲你空投大陸突擊去了，玉清嘛成天蹙著眉，像林黛玉似地，嘆氣都嘆成習慣了。」爸爸笑著說。

「眞的啊，玉清？」

玉清輕捏我一下：「聽伯父亂講，你不寫信是你的事，我也省掉不少寫信的時間。」

「爸，快告訴我，你的錦囊妙計吧！」

父親喝了口茶，又是顧左右而言他，把玉清和我笑得喘不過氣，最後才輕描淡寫的告訴我所謂的妙計。

「謙與誠這兩字懂吧？你們的校訓是什麼？別那麼高高在上，小子，還算你幸運，碰上王排附這種老兵。」

我吸了口氣，心中舒坦不少。

「那——偷竊怎麼辦？」

「這個月，你不必寄錢回家了，我那小書店還算生意興隆。」

父親退役後開了家小書店，事實上是村子裡的圖書館，每天擠滿看書閱報的人，卻難得賣出些紙張文具，這又成了我們和媽取笑他的「糗」事之一，媽還封他爲「杜主任」，父親倒是開朗的說：這算是從一等一級士官長升任主管，兒子幹中尉軍官，老子總也不差了。

晚點名時，我一宣佈施吉成掉錢的事，隊伍裡立刻起了微喧。

「不過，各位放心，錢已找到了，是某位急需用錢的弟兄暫時借用的，那位弟兄知道自己做錯事，不好意思自己還施吉成，特別要我代他轉交施吉成，施吉成——」

「有！」

「出列！」

我把兩千元還給施吉成，施吉成高興得不得了，敬禮的手都抑不住顫抖。

「大家都是兄弟，各位也不要問我，這位弟兄到底是誰，我相信他以後絕不會再做錯事，我也相信各位會給他自新的機會。爲了使弟兄們在不方便的時候，有個週轉的餘地，排長已經在安全士官桌子抽屜裡，擺了兩千元，有哪位弟兄需要，就自己去拿，方便時，自動放回去，好了，宣佈事情完畢！」

晚點名過後，弟兄們竊竊私語，看見我也不再躲躲藏藏；夜空，月色如畫，我心頭泛起一種快意的舒暢。

查完鋪後，我把事情解決經過，寫信向父親報告，愉快的熄燈就寢。

夢裡，一襲輕盈白紗姿影走向我；是淺笑的玉清，是繁花錦簇，是柔美，是禮讚，我輕執起玉清的手，舉步，緩緩踏出，踏出每一步，一步便是一帖詩，一首歌，我們相視微笑，教堂裡，聖光輝煌，每一張臉都刻著祝福的笑容……。

而確實有腳步聲接近我，確實有人——

我猛地躍起，一團黑影撲在我跟前。

開燈。

是周永明。

「幹什麼？」

「報告……報告排長，我——錯了！」

他雙肩隱隱抽動，哽咽抽泣。

「我對不起您，排長——」

我遞給他毛巾，倒了杯水要他喝。

我當然明瞭是怎麼回事了。

●

連長派傳令送來五百元獎金；本排終於恢復了往日聲譽，上禮拜五項戰技測驗，連上代表參加，榮獲全師第一，而排上的成績又是全連最好的。我準備把獎金發給王排附，王排附即將退伍了，弟兄們當然依依不捨，爲了表達我對他的敬意和謝意，我特別在榮譽團結會中，當著全排弟兄面前表揚他，並頒發獎金和獎品。

「依輩分來講，排附是我們的叔、伯父執輩，依資歷而言，排附是我們部隊裡最資深的幹部，足可當我們的指導老師。」

「我可以肯定的說：如果沒有排附這麼熱心的指導我，我這個排長恐怕早就離開各位了，我們排裡一切的一切也不會這麼井然有序、穩定、進步。」

「雖然他即將退伍，結束他三十二年的軍旅生活，但我相信，排附永遠是我們的老師、長輩。」

「我謹代表全排弟兄，致贈給排附一點薄薄的禮物。」

掌聲嘩的洪亮起來，排附臉上的縐紋舒開笑容，我緊緊握住他多繭的手，他囁嚅的輕聲說：「謝謝您，排長。」我看到他眼裡閃著一層水亮。

爲了歡送他，我特別將節餘的副食費提出，要採買的弟兄在中午加菜，同時，有幾位弟兄也和王排附同一天退伍，石貴昇、周永明都是，這眞是一件非常巧合的事，我想起報到那天的情景，不禁莞爾。

按照慣例，用餐時，弟兄們可以一邊吃，一邊欣賞午間的電視節目。

一番敬酒喊乾杯聲亢亮起來，室外，陽光濛濛，餐廳一角斜斜刺進一束燦光。

石貴昇和周永明走到我桌前，向我敬酒，自從施吉成掉錢的事以後，他們倆一直表現得相當好，也不再在隊伍裡起鬨，出小點子了。

「你們倆，不要退伍，好不？」我玩笑的說。

「報告排長，周永明不退伍就不能結婚，我嘛，嘿嘿，報告排長，你歡迎嗎？」

「當然啊！」

旁邊的弟兄哄笑起來。

突然，弟兄們一下子收束起笑聲，緊緊的盯著螢光幕——

「各位同胞們，這對我們而言，是轉機而不是危機。美匪建交的消息傳來，全國各界立即掀起擁護政府，愛國簽名運動，記者訪問……」

我的視線一下子模糊了，螢幕上出現同胞們的憤慨的面容，遊行的隊伍，我頹然放下筷子，心底升起一股悲壯，這是多麼突兀的一件事，多麼不可思議，我有哭的衝動，事實上我的臉上已爬滿淚水，但這不是無助的哭，我只是禁不住感動，也禁不住委屈，一種受騙的委屈。

王排附緩緩從座上站起，他沙啞的嗓子，震盪了每一個弟兄的身軀，大家站起，直直的立正，和著他鄉音猶重的歌聲——

梅花，梅花……
愈冷它愈開花……
梅花堅忍象徵我們——
巍巍的大中華……
冰雪風雨它都不怕……
……有土地就有它
冰雪風雨它都不怕
它是我的國花
巍巍的大中華——

這不是電影裡的鏡頭，這是一位老兵以及一群赤膽漢子們雄渾的歌聲，他們的胸脯起伏著。

我唱著，我流淚著。

我走過去，緊握王排附的手，握每一位弟兄的手，他們的臉沉默著，那是英雄的神色。

我記起一位教西洋通史的老教授，他每每亢奮的講述三十名斯巴達勇士挫百萬波斯軍的故事，他的白髮如雪，他講到斯巴達勇士的機智，銳不可當，白髮便在黑板前幡然飄揚，他說：我們終也會得到一個創造歷史的時機。

弟兄向我報告；王排附醉了。

這是他三十二年軍旅生活中，首次破例喝了酒。

我吩咐弟兄好好照顧他休息，明天一早，他將背起行囊前往師部報到，辦理退伍手續，爾後，重新開啓新的生活。

晚上，弟兄們齊集在中山室裡，看電視上有關美匪建交後的各項報導。

螢幕上出現我們的蔣總統經國先生慈藹的面容，他堅定、沉穩的昭示全國同胞，要團結，要奮鬥，他鏗鏘的語氣，從螢幕上透出一股威武的力量，弟兄們靜靜的望著總統的神姿，他們是那麼虔誠、專注，一種嬰兒信仰父親的神色。

已經很夜了，我知道弟兄們必定無法安穩的躺在床上，我沒有制止他們離開寢室，山上的夜，漸漸冷了，風，一習習像薄刀般吹過來，我不冷，我也不怕冷，我獨自走上據點後的捌洞洞高地。

我不是衝動，也沒有傷心的理由。

然而，我站在高地的標示樁上，臨風，我依然不能抑住洶湧向臉頰的淚水。

一個大男人竟如此放肆的哭了。

他媽的！我咒了一聲；哭什麼？

我想對自己笑，但淚水仍然不聽使喚，我受了莫大的委屈。

我想到父親、媽及弟妹們，還有玉清，他們忽然離我很遠。

我必須告訴他們我的決心，我絕不是衝動，但我確實很委屈，我爲什麼還如此幼稚，年輕是我委屈的原因，因此，我要燃燒起來，像父親，像王排附，豪華的、揮霍的把青春燃燒起來，我要讓生命成爲壯麗的火朵，莊嚴的、燦爛的開放，我要全心、全身融化在燃燒起熊熊熾烈的熱火裡，我當然要告訴他們，我永不退伍，除非我戰死。

我以縱跳的姿勢，自捌洞洞高地躍下。

寢室前的集合場中，圍著一群不眠的漢子們，火光照著他們的臉，我走近他們。

「在燒什麼？」我問。

弟兄們回頭，以沉默回答我。

火堆旁，肅立著王排附、石貴昇、周永明，他們平靜的把手上的衣物，一件件新做的便服、西服，擲向火花裡，瞬間，化成灰燼，那是他們退伍後要穿的衣裳。

「我，王福祥，退伍？媽的巴子，退個鳥，我退伍幹什麼？我操，我跟逃亡有什麼差別？

就算死，我也不退了，明天我跟師長耍賴去。」他像在自言自語卻又很大聲。

王排附拍拍手，看見我。「排長，我繼續幹你的副手，就這麼說定了。」

我咬緊牙根，我必須極力克制，否則我會像小男生一樣哭嚎起來。

「他們倆，嘿，排長——」王排附指指石貴昇和周永明：「也不退了，小子說要打仗了，嘿嘿！好啊，我王福祥陪你們幹！」

我點點頭，伸出手擁住石貴昇和周永明，他們的臉酡紅、烘熱。

「報告排長，要反攻大陸了，我們不怕，所以不要退伍了。」

「他不結婚了。」一位弟兄這麼謔著周永明，卻沒有引起預期的笑聲。

山上的夜，冷風肅肅，我要弟兄在火堆裡加了柴薪，我們圍在火堆四周，火光在我們臉上閃亮，我看到一朵朵壯麗的火舌，花一般的燦爛，開放著，我有一種被融化的快意。

我很快樂，確實的。

這一群年輕的兵士們，還有王排附這位冥頑的老兵，在火花的照耀下，一張張臉，飛揚著；多麼美，多麼漂亮的漢子們。我很快樂，確實的。

小記：小說中的杜臺生和王排附確有其人，故事也是。本文獲民國六十八年第十五屆國軍文藝金像獎短篇小說銀像獎。

雪融千里

想望晴色．期待雪融

晴色千里，好一江南風光。鶯飛草長，水綠花紅，夢與思，感與鄉愁，自老兵們口沫如星津津樂道，幾分醉意，幾分熱切，一些悲，微許愁傷，娓娓敘述，時而驚訝，時而嘆息的口語中，那遙遠的山河，那貼近的鄉垣，在眼前浮現了，在我多感多思的心靈鏤刻著，一筆一刀，一刀一雕，血意汩汩，溫暖的甜意，在身軀裡升起。

沒有雪融，哪來的晴色？

理想不能和夢想相等！

當我以口就碗，飲下傳遞過一桌漢子們的嘴，辣烈的高粱，我眼裡濕熱，我心中奔騰著血的快意。

那是雪融的聲音。

他們擊膝而歌，一闋小曲。

愈喝，臉漲得愈紅，血流的聲音，就愈加澎湃了。

當我在暗夜裡，夾在兵士們的行伍中，聽他們用粗濁的呼吸傳遞心跳，用堅實的步履敘說路程，我想著他們的臉，一張張流淌著鹹澀濕汗汁的臉，每一張臉，都在流離的歲月裡，被風塵吹過，被烈陽炙過，被冰寒凍過，他們的臉，有的俯低思想著，有的仰高看著星星。

他們想什麼，他們看星星嗎？

於是，我加快步伐，要趕上他們。

沒有必要製造什麼憂國的意識，但我們也不能否認，苦難並未遠離我們，戰爭依然在槍口裡的來復線盤旋。

你不能否認，太過安逸的生活，會使人迷失，使人雙手無力，抓不著，搆不到一些曾是信誓旦旦要攫之獲之的理想或者目標。

戰爭毀滅曾是少年的老兵們的希望，而硝煙又燃起一些火苗。

青春被燒去，夢被燒成灰燼。

有誰能夠撥動殷紅的火種，引風助燃，把死去的燒活，他們期待雪融，想望晴色，所以〈雪融千里〉就這般地寫成了。

不是鄉野古譚，更不是擎槍高喊口號，但願這篇小說，讓遙遠的拉近些，讓夢更接近現實，讓火種般紅。

一

勝利的興奮已被這種冷顫的氣氛沖失，戰事，難免要有傷亡，到李家屯不久，所有的屍首便已清理乾淨，在士兵們的心裡屍首卻活躍起來，謠言、傳說活躍起來。

亡魂活躍起來。忠靈塔前整日香火不絕，亡魂們眞不滿足嗎？

百姓的合作，使戰後的整建進行得很順利，這些可惡的鬼鬧得李家屯風聲鶴唳，秋天，鬼魂也眞會利用這季節。

傳令突然通知我；向營長報到。

營長指示我行進的方向，在深夜十二時，此刻正是鬼魅出現的時間，而我必須將一份文件獨自送達二十里外的棕櫚鄉旅部，軍官傳令，而且是在深夜，可見文件的重要性，但我對於深夜受命感到心裡發毛。

山路及黑暗的視野當然阻止不了陸軍步兵軍官的前進速度，可是我心裡老是浮現最近不斷在軍營中傳播的有關鬼魂的流言。鬼……。

我吸了口氣，裝滿子彈，快步走出駐地。

秋風颯颯，天壁的雲翻湧如海浪，四邊是凌亂雜生的草莽。

這條小徑是李家屯和棕櫚鄉唯一有跡可循的通路，由於匪軍控制很嚴厲，在我們到李家屯之前，可以說杳無人跡，只有偶爾驚飛的夜梟和遠方傳來野狗淒厲的吠叫。

眞是鬼魅出現的好天氣，月光、星光被濃厚的雲層裹住，一絲透漏都沒有。蚊蟲伺機在我身上纏綿，分散了我注意鬼影的注意；鬼！鬼……啐！鬼敢現身與我一鬥嗎？我胡亂地臆想著，握緊槍，護住公文袋。

前方忽然坦闊起來，風聲特別放肆，我蹲伏在一棵野菠蘿樹下，是休息也是觀察，汗早已濕透上衣，急行二小時，鬼並未阻攔我。

我把已經進入槍膛的子彈退出，喝了口水，潤潤喉嚨，默誦了命令要旨一遍。

忽然，我像一隻夜盲的鳥，眼前浮起的竟是縹緲的白影，定眼張望，沒有錯，那是白色的影子，我趕緊伏下，可以確定的是那影子絕非鬼影，是人影，影子嘴裡銜著香菸，菸頭的那抹豔紅忽明忽暗，我看清楚那是一張經過裝飾的臉。

影子停下，蹲伏下來。

我明白了什麼是鬼，事實上我也極力的向兵士們說明否認鬼的存在，剛才，我自己還被嚇出一身冷汗。

那影子蹲伏著，我在考慮下一步的行動，影子後面又來了影子而且不只一個。

他們似乎在商議什麼；忽然，半空中一抹螢火綠彩信號掠過。

我匍匐到他們身後，風聲很大，但依然可以聽清楚他們的話；我放棄捕殺他們的意念。

二

餉很快就運送到李家屯，對於弟兄們，這是一件令人歡喜的事，但我們的戒備並未放鬆，營長採納我的建議；加派排哨，由我擔任排哨長。

利用巡視各哨所的時候，我再度觀察了「鬼」即將出現的位置，那是前天凌晨的收穫。

走到第一班哨位，老沈正帶著弟兄們構築工事，他們一邊揮動工具，一邊在談論「鍾馗計畫」。

「排仔，你不是說故事哄人吧？」剛升任下士的鄒賓問我。

我笑笑：「阿賓，你也怕鬼？」

他不服氣的眨眨眼；「鬼咧，我怕鬼咧！」

大家都哄笑起來，交代完特別守則，正要進入第四班派出的獨立伍哨區域，傳令李昆和拉我的衣袖。

「排長——」

這裡地形很明闊，只是長草很深。李昆和指著叢草邊的一小撮泥土。

「絕不是老鼠！」李昆和壓低聲音：「排仔，有問題。」

我們折返第一班哨所。

「老沈，這兒你都詳細搜索過了？」

「報告排長……。」

我要沈班長這位第一連之寶，打第一仗立第一功的資深士官和我同去偵察。

那順著草叢方向微隆起的土壠，向樹林一直延伸，最後，我們終於發現一道坑口，很巧妙的僞裝在竹叢下枯葉堆裡。

「鬼咧！」

「老沈，共匪是有備而來的。」

老沈建議我先放棄偵察地道，趕快返回排哨所。

向營長報告完畢當前狀況，太陽已斜向西方的高地，秋風吹動警戒區域內的蔓草樹椏。

我和老沈正在討論夜間捕「鬼」的佈署，副排長派傳令向我報告，右前方七百公尺樹林內有異動，樹林前是一片坦平的草地。

望遠鏡中呈現了正在加緊僞裝的匪兵，樹林內我曾派人搜索過，可說是寸步難行，共匪居然在林內活動起來，這群具有挖地道特長的鼠輩。

「人數不多！」我說。

「該不會想蝦吃魚吧？」老沈說：「利用白天來騷擾，也眞太明目張膽了。」

匪兵隱入草地。

我已下令各哨嚴密監視，待命射擊。

「絕不能放過他們，這群鬼。」我說：「難道他們知道我們發餉？」

「搞鬼是他們的專長。」老沈盯著前面：「這時候，是襲擊的好機會。」

深草地起了一陣掀動，目測距離五百公尺。

哼！好在我早已佈署妥當，就怕他們不進入我預置的網界裡，這次，一網打盡，不讓他們有漏網之「蝦」。

編組好的人員立即向側翼包抄過去。

嗄！我的判斷居然錯誤。

包抄過去的士兵們折回報告：樹林內已集結了百餘匪兵。

「我們來個以寡擊眾，以蝦吃魚，嘿！」副排長吳明說。

「他們在動了。」咬著牙，老沈說：「眞是囂張。」

共軍尚未發現我們，他們正向陡坡接近。

「就讓他們留在陡坡上。」

陡坡上的草動得厲害，所有的匪兵都在草裡。

然後，共軍突然停止運動。

風吃得很急。

機槍射程、自動步槍、半自動步槍織成一張網，網內的匪兵愈聚愈多。

我握緊信號槍，天空，雲走得很快。

靜，從風聲中感覺出來的靜，所有人張眼、屛息、等待。

扣引板機，信號彈在半空中做一垂直的降弦。

所有的槍聲猝然響起。

噠噠噠噠……

喀嗚——喀嗚——

嘟嘟嘟嘟嘟……

子彈的呼嘯聲在風中織起，陡坡上的草向一邊橫倒。

●

放棄「鍾馗計畫」的原因是士兵們不再怕「鬼」，沒有鬼影，他們在屯外做些零星的騷擾性的盲目射擊。

慶生會，也是慶功宴。

弟兄們興高采烈的邊吃邊討論「鬼」的事件，凡曾被「鬼」嚇過的士兵都要罰酒，酒，前方光復區運來的。

喝酒，痛快的喝，弟兄們的臉舒展著歡悅的笑容。

一張張紅亮的臉在眼前閃動，我想起官校的同學，他們先我登陸，隨著部隊到前方參加實際的戰鬥，唯獨我卻蟄伏在光復區做整建工作。

我並不憧憬壯烈的英雄夢，但是，我有信心，我不畏懼任何困難，我多麼希望付出我的力量。

啜酒，鬱愁愈沉，些許的委屈。酒，苦澀的，在喉間燃燒，這是我所嘗到的勝利滋味。

「排長——」

「排長！報告排長，敬您啦！」

是老沈，一仰頭，酒杯空了，黑亮的膚色更紅亮，面容綻開笑意，他心底的愁鬱會比我濃濁嗎？在臺灣，當我們的艦首朝海峽航出，老沈激動的告訴我：就要回家了。是的，就要回家了，老沈；我在心裡說。

「我也敬您，老沈！」

再斟一杯，醉意湧上來，但我感到十分清醒，從老沈的眼中我讀出他所隱藏在心底的落寞，我再度舉杯。

「嗳！排長，痛快的喝吧！」

「老沈——」

老沈放下杯子：「哦！營長。」

營長笑著走到我面前：「杜排長——」

舉杯，酒很香很醇。

「等會兒找我報到。」營長說：「我再敬您，老沈您也來。」

「謝謝營長。」啜著酒，老沈突地爽朗的笑起來：「報告營長，嘿嘿！前幾天啊！哈哈，正是——鼠拍桌子，嚇倒貓。」

「哈哈！嚇倒貓。」營長也笑起來。

三

到了平城，天際正渲染著多姿的雲影，將入夜，我們必須立即編組防禦陣地，當然，我並不感到絲毫的快樂，爲什麼不攻擊呢？防禦，未免太消極了。

上級的情報顯示，一週前被擊潰的解放軍第二五五團正在伺機奪取平城一帶諸要點。

一夜過去，除了平城四周的松濤聲，一切就是這麼平靜。

一個星期過去了，日子平靜得令人感到寂寞，遠近二十里內未曾發現敵蹤。

平城並沒有遭受到砲火的洗禮，它給我的感覺是古舊、空洞；說它是城，並未具有城的規模，就那麼幾棟瓦房，稀疏的散佈在並不坦平的地面上，四邊的松林，日夜吟著濤音，增添了平城的蕭瑟感。

部隊除值班武器及重要地形的局部警戒外，所有官士兵一律參加短期的訓練，士兵們已不再那麼怯瑟，鬼的事件是一次活的教育。

是冬天，北風格外強勁，松林濤音訇訇不息，士兵們的精神、士氣在凜冽中也分外的高昂。離開李家屯後，鬼的影子已從他們心中消失，這兩天，又掀起捉鬼的高潮，他們的警覺比狼還敏感。

陣地前約二百公尺的黑柔土地像多脈的葉子，呈現分明的線條，那是第二連那個喜歡散步的大專兵發現的，上級的判定並未宣佈，但誰知道那是「鬼」在地下搞鬼，毫不遲疑，上級立即下定決心。

四更天，下雨前的風涼涼的吹，吹得松濤如浪，在松林間，竟有在海上的感覺。

我們隱伏在這裡，靜是一種使人投入黑色海上的感覺，「鬼」還未出現，我們靜靜的等待，松濤只有加深靜的效果。

沒想到他們是老百姓，顯然是經過長程的跋涉。

平城的土質很輕軟，他們安靜的剷土、投土、架設木板，在松濤的掩護下，哨兵是不可能察覺的，何況，他們身穿黑衣，茂密的松林、黑夜更是最佳的掩護。

整夜，他們工作著，在陣地周圍挖築坑道。

直到大雨滂沱，他們才隱入已築好的坑道內。

我招呼夥伴退到那座古墓邊，沒想到裡面竟傳出低語的聲音。

無線電傳來營長的指示，在時機尚未成熟前，捕殺他們並不能對我軍產生任何戰術利益，何況他們是老百姓；這個理由，相當不能令人服氣。

●

在我聽到放棄平城的消息時，我感到憤怒，這是多麼可怕的謠言。

當我證實放棄平城是命令時，我感到震驚。

我請求連長讓我到平城東側營部向營長報告：放棄平城對士兵們是一項多大的打擊。

「我們要作戰，報告營長，您知道的；所有的坑道口已在我們的火網內，我們怕什麼？營長……」

「杜臺生，我要糾正你——」營長放下紅筆。

我立正站好，注視營長。

「要愛惜子彈。」

「什麼？報告營長。」

「我說：不要浪費子彈。」

營長笑了笑：「把你搞迷糊了？」

「是的，杜臺生，你和弟兄們辛苦了，我們非但已控制了每一道抗口，而且有絕對的把握擊潰來犯共軍。你先聽我講，我們可以破壞坑道而不必以火網封鎖，是不？在共軍進入坑道前，這項工作輕而易舉就能完成，對吧？」

「是的，營長，那我們爲什麼要放棄平城？」

「不是放棄，糾正你。這是暫時性的離開平城。」

「又爲什麼要離開？報告營長，營長應該知道弟兄們的士氣高……」

「我知道的，這些都是你們各位幹部的成功。」

「報告營長，我要知道的是，我們爲什麼要離開平城？暫時性的離開和放棄又有什麼兩樣？」我大聲的說。

「坐下吧！杜臺生。」營長闔起桌上的地圖：「我了解你，但是，杜臺生，激動無濟於事。」

「報告營長，我不是激動。」

「好！」營長打開地圖：「你對平城了解不少，對平城附近呢？」

營長的紅筆指著圖上要點：「平城是這附近唯一平坦的地形，你看——」

「也是這附近唯一的交通樞紐。」我強調的說：「前方、後方的交通，平城是一座橋，我們爲什麼要毫無理由的使它遭到破壞。」

「誰說毫無理由？」

我不放棄機會：「什麼理由？」

「嘿！」營長竟笑了：「杜臺生，你眞是故態復萌，愛發問，這一次，營長不能讓你打破沙鍋。」

在官校受入伍訓練時，營長是戰術組上尉教官，上課時我的問題最多，連下課時間都不放過，這份感情使營長特別信任我，當然，營長也從不忘記常出狀況考驗我。

「營長，我必須對弟兄們有所交代。」

「好！我的答案和剛才一樣。」

「報告營長——」

「這是另一形式的攻擊，你們不是一直想打仗，想面對敵人嗎？記住，這是攻擊，不是放棄。」

四

坑道沒有破壞，部隊祕密轉進至平城右後方高地一線，鄰近友軍也相繼進駐附近高地；平城，古舊、空洞的平城部署了部分特戰人員做象徵性的活動。

一切似乎仍然平靜，但我們是忙碌的。

第二天晚上，雨後，天空仍翻湧著濃雲。

槍聲使所有人員進入陣地。

遠方，平城的上空交織著火網，猛烈的爆炸聲顯示坑道已遭特戰人員破壞，同時，他們正做著象徵性的抵抗。

然後，一切沉寂下來。

到了黎明，忽然，號角、哨音齊鳴，接著我們的槍、砲怒吼起來，整座高地怒吼起來，可是，敵人並未直接發起攻擊。

指揮官下令，各砲陣地立即變換。

早晨，叢林裡的鳥雀掀起不尋常的喧嘩。

營長親自巡視各陣地，他指派我率領一個加強排，防守左翼獨立高地。夜，風急猛的吹著。

第二班蔡枝明向我報告，弟兄們有些驚慌，當然，我絕不能在士兵面前顯露出緊張和不安。

全排弟兄只有老沈有作戰經驗，他正忙著協助各班完成夜間標定射擊設施。第四班的林培生居然被夜的氣氛嚇哭了，下士班長孫新發也有些不能自已，第三班也來報告，有兩位弟兄手腳發軟直冒冷汗。

「排長，您說怎麼辦？他們都嚇成那個樣子。」第三班班長韓景風也跑來報告。

我吸了口氣，吸進冬夜的冷冽。

「光叫他們不要怕，他們……」

「我馬上到各陣地去看看。」

「排長，我們能不能——」

「你自己也在怕。」

我伸手抓住韓景風的肩頭：「在李家屯鬧鬼，你們班上不是最勇敢嗎？就先到你們班上陣地去，走！」

黑暗中，我看到士兵們驚慌的畏縮在散兵坑裡。

我絕不能請求上級更換任務，可是，士兵們居然如此不能適應，這只是防禦準備，一旦發生狀況，後果眞不堪想像。

只有老沈的第一班情況較穩。

到了半夜，高地四周又響起急促的哨音、號音。

「糟！我們被包圍了。」副排長說。

我和副排長分別奔至陣地。

連長令：沒有命令，不准射擊；我們不能再暴露陣地位置。

哨音中夾雜著吶喊聲。

一直到黎明，我們才得休息，可是，士兵們沒有一個願意睡覺，再這樣下去，我們怎能打仗？我內心仍充滿撤離平城的不滿；這又有什麼用呢？

白天，除了北風吹得陣地內的草、樹搖晃不止，竟沒有任何狀況發生，這不是好現象。

士兵們沒有休息，自然我也不能休息，事實上我也睡不著。

難道老共又在挖築地道？我猜想著。

整天，我檢視著陣地內的泥土，像一隻疲憊的狼犬。

我們被包圍了嗎？

誰知道上級爲什麼要我們退守這一線高地？被包圍簡直是坐以待斃，難怪士兵們驚慌失措。

連長陪著營長在黃昏時到達陣地，我小聲報告排內狀況，營長卻笑了笑：「你呢？小子！」

「你說，該怎麼辦？」營長又問：「鼓舞士氣，是吧？又如何鼓舞？嘿！」

我嚥下口水，能用的辦法我都用盡了。

「這林子裡的鳥不少吧？」營長問：「鳥，在你們頭上飛。」營長領上的兩顆梅花閃著亮采。

「你曾被鳥拉的糞擊中過嗎？我是說鳥糞落到人頭上的機率很低。」

營長，這位戰術教官居然談起鳥。

「子彈就像鳥糞，不可能落到人頭上，除非你冒出頭，騰起身子故意去抓鳥；嘿！別笑！杜臺生，初臨戰場有誰不怕？但這並不是不可克服的，對不？」

「報告營長，夜半的哨音……」

「傻蛋，那也是詭計。」

詭計？

我決定選派戰士埋伏在陣地四周，至少，必須探悉當面解放軍的兵力多寡，既然他們能包圍我們，爲什麼不發起攻擊？

老沈自願帶班去埋伏，晚餐時，我特別召集他們，這個計畫並沒有經過上級的同意；成——傷亡可能難免。不成——他們將是這場戰事的犧牲者。

才入夜，雨把陣地前的視界織成模糊的紗簾。

淒厲的哨音忽地在四野拉長，在雨幕中嘶嘯，斷斷續續，急風把雨吹斜，吹亂。

「來得這麼快！」副排長說。

雨，造成微微的明度。

「全排進入陣地！」我大聲叫。

「排長！」鄒賓指著前方：「排長——」

前方，深草地裡像有什麼在蠕動。

「不！那是草叢。」副排長說：「下午，我特別去搜索過。」

雨中，視覺容易模糊。

除了嚴密監視，再沒有其他方法。

哨音忽然停止。沒有槍聲；老沈他們該不會……

「誰？」

風仍然很急，第二班警戒的叫聲傳送過來。

「誰？」

警戒又大聲喝問。

我趕過去。

天啊！竟是老沈他們。

「掩護我！」

我躍下陣地，繞到老沈他們右側，看清楚沒有意外狀況。

「老沈！」我叫著。

「排長——」

●

我把老沈他們的收獲呈報上級；所謂收獲，不過是七個銅哨子。敵人是狡詐的。

平時，士兵們養成聽哨音做動作的習慣，沒想到老共卻利用哨音來擾亂我們。潛伏在陣地前的匪兵，身上所著的除了一套薄薄衣衫，兩個哨子外，竟連乾糧都沒有，昨天，他們又餓又冷又淋一身濕，想提前回去，被老沈他們撞個正著。

上級把幾名被俘的解放軍分配到連上，現在，他們是新生同志了。我向連長報告，希望能讓新生同志加入本排。

士兵們不再驚慌了，我也舒了口氣。

從那幾名新生弟兄口中，更加深了全排弟兄對解放軍的認識，也大大提高了全排的鬥志。

上級獲得情報；解放軍三個師準備奪取平城一帶，控制各要點，然後向已被國軍光復的地區逆襲反攻，二五五團經過整訓，已先期奪取平城，事實上，平城戰役只是一場以坑道掩埋匪軍的小小戰役，老共未料到平城是空城，他們煞費心機挖掘的地道竟活埋自己一個營的兵力。

我仍然不明白；棄守平城，退轉這一帶高地的理由，這無異是讓共軍展開包圍的最佳地形。

偏偏我們又是守在共軍所包圍的中心點。

戰爭的氣息從中午就已升高，老共的砲兵開始實施對我陣地的檢驗射擊。

很顯然的，共匪將以猛攻、急攻的人海戰術來對付我們。

戰區指揮官親自巡視每一陣地、每一據點，從他臉上流露出來的是一種凶猛如虎躍之前的威武與鎮靜。

下午，我軍的砲兵開始對集結的共軍射擊。

望遠鏡中，古舊、空洞的平城，彷彿已染上一片猩紅，四野蒼蒼，一片灰茫，夕色中染著橙紅的霞彩，淡淡的。

預判，共軍將實施夜間攻擊。

黃昏，帶來了一種令人興奮得顫抖的情緒。

暮色逐漸逐漸的加濃，彷彿是一種重量，緩緩的加在每一戰士的身上。

在高地群周遭的天空，正交織著信號彈的彩虹，敵人又在玩擾亂軍心的把戲，我軍陣地保持高度警戒，沒有人出槍射擊，誰會那麼傻，盲目迎戰只有暴露陣地位置，讓敵人標定射擊。

雨停，風也停。

星光閃爍，蛙蟲齊鳴，夜的交響，使人感到冷，冷到骨髓的凜冽，整夜，我們靜肅的在陣地內，對前方嚴密監視。

已是黎明，匪軍卻未發射一槍一彈。

朝曦透出雲層，遠的山上鑲起金邊，近的升起煙嵐，已經可以看到平城。

嚇！黑壓壓一片，沒有錯，是共軍。

轟！轟——

轟隆——

轟隆——

空炸信管在遠方爆開，展成一個寬廣的散佈面，國軍砲兵開始行超越射擊。

共軍繼續向前湧動，砲火在半空中交織，經過猛烈火力的壓抑，那片人海時被沖垮時又聚集。

天！他們居然都是百姓；難怪附近各村莊的屋舍都是空空的，連一隻狗都沒有。

直到人海湧到我們最有效的射擊程內，共軍砲兵居然無視於百姓安危，開始向我軍陣地梯次射擊。

砲火使我們的射界受到影響，人海湧得更快了。

所有的槍猛急掃射；噠噠噠噠噠……

噠噠噠噠……

噠噠噠噠……

在第三波人海被火海壓制後，共軍居然沒有再發起攻擊，退回平城，不到二小時，高地一帶又恢復了平靜；窒人的平靜。

沒有人鬆懈；上級命令嚴格管制彈藥補給。

鄒賓陣亡了，這位喜歡嬉笑的戰士，竟然是排裡戰鬥中唯一的犧牲者。

我們需要冷靜；早晨的攻擊過後，居然又再度沉寂下來，令人生氣，憤恨的沉寂。

「排長——我們為什麼不發起攻擊呢？」

「排長，難道我們要挨打再還手。」

「排長！阿賓走了！我建議我們下山去報仇。」

「排長……」

「排長——」

望著弟兄們的臉，我又能說什麼，隱忍住淚水，壓抑住亢昂的情緒，咬緊牙根，我是比他們更激動。

昨晚，我們一邊吃乾糧，一邊還在小聲說鬼故事，鄒賓還想唱歌，沒有我的制止，他眞要大聲的唱。現在，我們的歌呢？我眞不該制止鄒賓的，他是應該唱，我制止他，大家都沉默下來，靜肅在黑夜的幃帳裡，也許，那時鄒賓心裡正想念家裡年輕的妻子，他是應該唱的，我制止他，只因爲怕影響大家的情緒，只因爲我是他們排長，我爲什麼不讓他唱呢？他唱，也許就是大家的心聲，我沒有讓他唱，我命令大家沉默靜肅，而在黑夜，靜肅使所有的情緒都活躍起來，我沒有讓鄒賓唱出聲，因爲我是排長，我必須管制夜間的戰鬥紀律，靜音、禁光，以免暴露陣地成爲狙擊的目標。

「排長——」

「排長。」

他們的聲音減低，我沉默，是因爲我哀傷；我沒有讓鄒賓唱，直到他匍匐在地上，他離開我們，一句話也沒說，他的歌沒有唱出聲。

老沈、韓景風、蔡枝明站立在我面前，副排長在指揮掩埋，我蹲下身，用手掬土，朝著墓穴擲灑。

「排長！鄒賓暫時睡在這裡。」老沈輕聲說。

一塊半圓的木頭，上面刻著鄒賓的姓名，第四班的林培生用刺刀刻的，再也忍不住淚水，我竟然會如此脆弱，天！我是在幹什麼？

「排長你——」

我用力咬破手指，血一滴一滴的落在鄒賓的名字上面。

報仇，是的，我們要報仇。

鄒賓這傢伙，通信下士，居然死了，第一個犧牲者。死亡爲什麼選擇他？這麼年輕，這麼瀟灑的一張臉，嘻嘻哈哈連鬼都不怕，鬼咧！怕鬼！他喜歡長髮的女孩子，他的妻子就是。離開李家屯那個晚上，他突然這麼告訴我。我還說終有一天會被長髮的女鬼逮走，他咧著嘴：鬼咧！才不怕。

弟兄們肅立在墳四邊；小小土丘埋著鄒賓，左胸中一發子彈，右胸中兩發子彈，眞是被鳥糞擊中，那般不容易，就被擊中了，如此漂亮的戰士匍匐在泥土上，敢是姿勢過高？敢是想抓鳥。

墳上植著僞裝用的草皮，一塊一塊的草皮，綠中帶枯，不規則的圍著土墳的面積，我們用一餐份的飲水澆在上面；喝吧！不敢喝酒的通信下士，就醉一次吧！是誰召你去幹架線那鬼工作的。

戰爭才開始，你就要逃避現實，逃到陰濕的地下，唉！鄒賓你這傢伙，記得我接任排長那一天，我對你們點名，發現你，頭上的亂髮，鬈曲的，加上臉上微微的落腮鬍，眼神透露出幾分熱情，很突出的傢伙，個子又高。

「排長！」

「排長！」

再也聽不到你叫我的聲音。

「排長——」

抬起頭，陽光投射到小小墳丘上。

「敬禮！」聲音是嗚咽的，我居然會這麼脆弱。

「禮畢！」

遠方，平城，那裡聚集著敵人。

五

「排長！排長！」

老沈的聲音，低低啞啞的，我轉過頭。

「看！他們又來了。」

「別出聲！」

陣地前的磨椿搖晃著，幾個黑影游移在磨底下。

「幹了！」蔡枝明舉起槍。

「不行！」我制止：「沒有命令，任何人不准射擊。」

「排長，他們是破壞兵。」

「這是攻擊的前奏！我們不能讓他們得逞。」

「我下去！」老沈取下刺刀：「活抓他們。」

看清楚，是匪一個破壞組的人數，才三個人。

「掩護！」我也交代第一班副班長。

磨椿前是一片莽草，老沈他們很快的隱沒。

各正面所設置的障礙物都遭到破壞；顯然，匪軍已經發覺我們正在監視他們。

「噢嗚——」

一聲淒叫，黑影迅向後撤。

老沈他們馱回一具屍體，屍體上一截粗繩繫著。

「難怪他們撤得那麼快。」

「這些混帳傢伙！」

匪軍以繩子繫在破壞兵的腰上，有兩個作用；一是補助通信器材的不足，一是以防萬一，若被捕殺可以迅速將傷亡人員拖出現場，不留痕跡，另外也可以防止脫逃。

「全世界最壞的點子都被老共想出來，操他的祖宗八代。」李振邦是上次加入排裡的新生同志。

「天殺的！」

●

營長一再強調；不是退守，而是攻擊。

根據情報顯示，共軍對我陣地勢在必得。

平城，空洞、古舊的平城，在反攻大陸這一仗竟如此重要，前方，不時傳來捷報，我們卻必須靜待匪軍來攻擊，目前，已成一種孤軍奮戰的情況。

共軍在我陣地四周佈設無數障礙，顯然我們已被典型的口袋戰術包圍。

九級風帶來豪雨，風雨聲中，老沈病倒了。

好不容易覓得一塊可以生火的地方，鋼盔裡的雨水貯滿，火生起來，濃煙卻也滾滾而上。副排長識得一種叫薔草的草藥，薔草在水溫中泛黃枯黃。

「真糟！這必須猛火才有效。」副排長皺著眉。

大家試著用雨衣圍住柴火，那一朵微弱的火芯卻熄了，副排長脫下衣服搧風，卻又搧出黑濃濃的煙，嗆得大家欲哭無淚，又咳又眼紅。

刷！

小帳篷突地被掀開，老沈衝進來。

「老沈——」

「沈班長！」

他衝進來，一腳把鋼盔踱掉，水翻覆在地上。

「老沈——」我抓住他的手。

「排長……排長——」

他的臉扭曲著：「你們，你們……怎能……怎能——」老沈喘著氣，又咳起來，臉朝著天空，雨水滴在他臉上：「你們——」

「老沈，不要激動。」

「你們這樣做，等於在告訴敵人我們的陣地位置。」

「沈班長，我們不怕。」副排長說：「誰怕？」

我說：「老沈，先到帳篷裡面休息吧。」

雨仍不停的下，煙雨濛濛的一片，風刮著，像刮起千層的紗帳，一層一層的在我們心上疊起。

戰鬥前哨在掩護撤退，雨聲中，遠方，槍聲呼嘯過來。

漸漸的，夜色籠下來，匪軍也漸漸逼進。

我們早已形成四周防禦的態勢，嚴陣以待。

根據情報，共軍不再以民、百姓編成人海波次；一反常態的攻擊，勢必使戰況更加慘烈。

風雨似乎阻止他們的前進，地形對共軍並不有利，但他們的兵力超過我們數倍，且已在平城前線外緣集結完畢。

儘管我要弟兄們輪流休息，但他們依然不肯進入帳篷，總是藉故在陣地內逡巡。

轟！轟！

轟！轟！

砲兵開始行照明射擊，信號彈成束的向東射出，這是我們防護射擊的信號，槍聲忽地緊密起來。

我只覺得血在奔沸，共軍在陣地前完全暴露在我軍的照明下。

噠噠噠噠……

轟——隆——

噠噠噠噠噠……

噠噠噠……

然後，可怕的沉寂。

槍管還是滾燙的，來不及清查人員裝備，陣地邊忽然又燦亮起來。

敵照明——

噠噠噠……

轟隆！轟隆！

噠噠噠噠……

火網在陣地四周織起，共軍發起衝鋒。

「排長！」

是老沈。

他接過機槍，對著左側方衝上來的匪軍掃射。

我匍匐到第二班陣地。

「排──」是蔡明枝的聲音。

第二班的傷亡過半，我接替了機槍射手的位置。

共軍的砲彈群壓制了第三連的火力，從第三連陣地正面的匪軍很快的擴展成一線，向第二班方向湧進。

右肩突然抽痛了一下，但我的手並未鬆開，彈殼噴灑在我腳上，帶著高溫，我忍著，望著衝上斜坡的共軍成排倒下。

共軍又潰退了，一切又沉寂下來，除了風雨聲。

我聞到硝煙的氣息。

六

一次又一次的衝鋒，共軍並沒有奪取我們的陣地。

望遠鏡內的人群黑點螞蟻似的據在平城，那是解放軍的主力部隊。

我的建議獲得營長採納。

排的陣地交予第三連，下午，一切準備妥當，我率領全排弟兄在營指揮所受命，我獲得休息的機會。

雨停了，太陽的熱度照在高地上，那股硝煙氣息雜著瘴腐味在空氣中飄浮，我卻很快的進入夢鄉。

是海，我們在海上，浪很低，風很微，鹹鹹香香的，鄒賓的歌柔柔沉沉。

「排仔，上岸後，我們到廣州吃香肉。」

「嘿！去賣香肉吧！」

歌聲、掌聲還有星光熱鬧起來。

忽然，海面起了大浪，甲板被濺濕，艦身微晃。

「排仔——」鄒賓抓住弦柱。

我一把提住他的肩胛：「小心！」

原來他是故意的，這個調皮的上等兵。

上岸，一個陌生的女孩向我們招手。已經是早晨。

鄒賓說伊是他表妹，伊臉上亮著陽光。

我看到那幢家屋，怎會那麼熟悉呢？

一磚一瓦都是那種色彩，連天空的朝曦也是，這分明是我家，而我們坐了數十小時的船。

機聲呼嘯過上空，然後，一連串的爆炸。

「排長，排長——」

鄒賓嗎？

「排長——」是老沈的聲音。

我霍地躍起，外面，槍聲依稀。

「吃飯了。」

「謝謝您，老沈。」

我伸了個懶腰，弟兄們也相繼起來。

「這些鬼東西又在玩把戲了。」老沈說：「整個下午搗蛋，嗶哩叭啦零零落落的放槍。」

我笑笑：「他們總會嘗到滋味的。」

「哇！好香！」弟兄們叫起來。

這是許久以來唯一的一餐熱飯，眞虧營長設想周到。

吃飽了，弟兄們開始整理裝備。

老沈的臉色很凝重，他的咳嗽仍然很嚴重，這次，我禁不住他的請求，才勉強答應他也參加行列，看他強忍咳嗽的痛苦狀，我想到這次任務的重要性和後果；如果在我們未通過敵集結區就被發現，無疑的，我們將悉數被殲，而老沈的咳嗽……。

「老沈——」

「咈、咈、咈、咈，排長！」他不住的咳著。

「難過的話……。」

「報告排長——」他咬緊牙根：「我可以忍。」

我們從陣地左後方迂迴，向平城突進，我們的目標是共軍集結地區的後方小高地。

夜色濃了，大地一片陰晦。

進入林子，老沈忍不住又咳起來，全排疏散。

老沈忽然從地上抓起一把泥沙，塞入嘴裡，咳嗽止了，繼續前進。

我想起營長的話；萬一我們的陣地被占領，全排的弟兄也難逃被殲的厄運，而成功的希望是那麼渺茫；要想突破敵大部隊的警戒網，那是何等困難？

一股奇臭沖上來。

「是屍臭。」

「別出聲。」

藉著從林空透漏下來的微明，眼前，竟是一座高聳的屍塚，惡臭幾乎使我嘔吐。

有談話聲。

副排長帶著第三、四班在後方疏散掩蔽。

老沈帶著第一班從右方包抄，我和第二班順著談話方向潛行過去。

一群人在夜暗中吃力的搬動屍體，邊搬邊咀咒。忽然，他們停止動作。

老沈已採取行動。

「誰動誰就吃花生。」老沈端槍走到他們面前。

黑暗中，仍可看出他們的驚訝。

老沈眞大膽。

「我們……」

「別多話。」我也跳下去：「這裡，誰負責的？」

一個瘦小的影子走出來：「老鄉！老鄉……」

「別怕！」我低聲說：「國軍不會殺害無辜的老百姓；老鄉，請你告訴我，這兒一共有多少人？附近有沒有解放軍？你們是幹什麼？」

「我們……我們只負責搬屍體，這兒有十四個人，那邊——」

「小聲點！」

「那邊有一個班的老表。」

「你們是哪裡來的？」老沈問。

「平城。」

「好！別多說。老鄉，有誰願意帶路？」

我在心中盤忖著。

「求求您，長官，我們不能帶路，解放軍會把我們活埋，上次，跑了一個，就埋了十個。」

他們顫抖著：「我們……誰也跑不了。」

「你們願意繼續替共軍賣命？」我說：「解放軍給你們什麼好處？國軍馬上總反攻了，你們還要幫助共軍？」

「除了你們，還有的人呢？平城不會只有十幾個人？」老沈很機警的觀察四周。

「我們的人都編隊去了。」

「編隊？」

「準備抬屍體，一個老表編配兩個老百姓，我們是編餘的，負責清理抬回來的屍體。」

我終於明白，爲什麼在清理戰場時，沒有發現共軍屍體；這件事曾令大家十分困惑。

我們不能在這地方久留。

「官長，我們是被迫的，求求您！」

「在我們離開這裡以前，任何人不許亂動。」

隊伍迅速向前移動。

「官長，我們希望解放軍都死光，我們就沒事啦！」那個瘦小的老百姓說：「我們絕不會向上彙報。」

我不願再費唇舌，很快的離開他們。

順著堆積屍體的方向走；天！竟是一路的屍體，一直到達接近平城的松林。

共軍絕沒想到我們會藉著屍體的掩護突出平城，平城，松濤仍在吼嘯。

我們由林緣的土溝匍匐前進，到達老共集結地區後方的正面。

入冬，夜，深刻入骨的冷寒，天光微明，彷彿降下的霜白鋪在地上。

我必須選定預備陣地，我們也許永遠沒有歸還本隊的機會，但至少必須獨立苦撐五天，才能達到效果，分散敵攻擊力是我排的任務，如果，共軍分散兵力來包圍本排，則我大部隊可獲得整頓的機會。

面對敵人廣闊幅員的營地，在黑暗中，我體悟了許多，我甚至有點驕傲。當然，我只是黃埔子弟中的一員，是一名陸軍步兵軍官，在反攻大陸的決戰中，我又算得了什麼？但這並不重要。

弟兄們毫無怨尤，離開本隊，深入敵人陣地，成爲一支孤軍，沒有人提出生死的問題。甚至於，他們顯得很輕鬆。

天空，灰茫一片，沒有星光，星光被雲層埋覆起來。

●

前方，砲聲震撼著大地，震撼著平城。

共軍第一梯次已發起衝鋒，第二梯次已集結完畢。

我發出信號彈，弟兄們按照計畫開始擾亂性的射擊；黑夜被火花掀起了。

夜蟲的鳴叫不止，是第四班的信號，我和副排長立即奔躍過去。

槍聲停止了，怎麼回事？

孫新發指著遠處的火光：「砲兵陣地。」

第三班居然也停止射擊，我衝過去。

「韓景風！」我一把抓住韓景風的領口。

「排長——」

副排長也從第一、二班那裡回來，同樣的他們都停止射擊，我有些惱怒。

我們的槍聲被前方密集的槍砲淹沒，非但沒達到分散敵人兵力的目的，而且還浪費彈藥。

敵砲陣地距離我們約五百公尺，令人歡喜的是，老共陣地後方的警戒居然如此輕懈。

轟隆——

轟隆——

又是一排砲彈呼嘯出去，火光猛然向後方噴出。我們的主陣地正在接受砲擊。

「吳明——」我叫副排長：「馬上完成攻擊準備。」

我們迅速向砲陣地側方伏進，胸口前的手榴彈，微微的觸痛我。

我發現了一個可怕的事實；敵人的砲陣地成環狀的配置，很顯明的我方陣地受敵砲兵的威脅，每一砲陣地不停的射擊，掩護匪軍衝鋒。

我必須立加判斷；如果，我破壞一個小正面的陣地，爆炸聲勢必引起注意，那將無濟於事。

「全排掩護第一班。」

我必須顧慮砲後噴火的威脅。

「排長，我去就好。」

「老沈，別出聲。吳明——萬一……你帶弟兄們回到後方，繼續原先既定的任務。」

藉著松林掩護，我和第一班已接近正面的第二砲陣地，我決定先從彈藥兵下手，隨手甩出一粒小石頭。

「咱！」

那名彈藥兵張望著他的後方。「讓我來！」

我環扼住那名彈藥兵的頸部，直到對方窒息，很快的老沈接替他的位置，他用砲彈擊昏了另一名匪兵。

「不要停止射擊。」

控制了一門砲，我把仰度升高，轉動方向機，我方的砲兵也一定在還擊；他們絕不會發現有異。

左右兩門砲都已被控制，只要仰度升高，方向轉移，砲彈就會落在匪軍陣地內。

每門砲留置三名，我和其餘弟兄繼續向別的陣地滲透，老沈守住電話機，用他的鄉音哄指揮所的匪軍。

我們已控制了一個正面的砲陣地。

「一不做，二不休。」韓景風說：「排長，以牙還牙！」

老沈也贊成我的決心。

每門砲的射向都轉移到左側的陣地。

轟隆！

那邊的砲陣地沉寂下來。老沈正在忙著對電話機講話，我們發射了第二群砲彈；然後，也以梯級射的方法向前射擊。

我制止弟兄們的歡呼。

無線電傳來呼叫。

共軍停止衝鋒，有向後方轉進的跡象。

我要求上級分路追擊，在告知陣地位置，剛關掉收聽鈕，蔡枝明急匆匆的跑過來，共軍不是轉進，而是包圍，包圍我們，顯然他們已了解我排的兵力與企圖，此時，四方湧起喊話器的嘈雜音響。

弟兄絲毫不被共軍的心戰喊話打動，反而以火力來回答。

我們破壞了剩餘的幾門砲。

「衝出去！」

衝進松林，老共的照明彈使林子裡忽明忽暗，每一棵松樹在風裡舞動著枝椏，形成一種鬼魅般的氛圍。

我們伏下來。子彈就在身邊亂飛。

有人受傷了。

「不要出聲。」

子彈擊在樹幹上發出「咱!咱!」的聲音，猛烈的掃射，簡直令人抬不起頭，身子緊貼著濕黏的地面，地面上又佈滿了松枝，帶刺的松枝又增加了我們行動的障礙，沒有人移動身子，但是隱伏絕不是辦法。

照明彈條地亮起，又是一陣猛烈掃射。

「轟!」

是誰投出手榴彈的?

轟!

又是一聲爆炸，我抬頭，卻又被子彈的嘯聲制止。

「喂!我們在這裡!」

天!吳明他竟然……

「同志!不要打啦!我們投降啦!」

槍聲已停止，我蜷曲著身子，利用照明的亮度，我看到吳明，他脫下衣服揮舞著，奔向迎接的匪軍。

想叫出聲，喉間竟哽著一股嗚咽。

這不可能是眞的，絕對不是事實。吳明會是……?

吳明——

我想到陣亡的弟兄；每一張臉都浮現出來。

沉默的吳明怎會是匪諜？從各次戰役的檢討中，吳明有資格當選國軍戰鬥英雄；吳明眞是匪諜嗎？

「嗨！同志。」粗渾的聲音：「停止前進，我們歡迎你！」

「同志，我的槍還在後面。」

吳明笑嘻嘻的，我注意到他的腳步向前緩緩碎步，他舉著手，表示沒有武裝。

「同志！『人民解放軍』歡迎你歸來，我是指導員同志。」

「謝謝！」

「不用謝，這是人民的……。」

話聲未落，吳明突然甩出手上的衣服。

轟——

轟——

手榴彈的爆炸聲。

「吳明——」

我喊不出聲。

呢？

七

松濤訇訇，陰晦的天空又佈滿濃厚的烏雲，從墓穴縫隙仰望，蒼蒼茫茫，我的弟兄們手段，我擔心弟兄們是否能避過亂射的槍彈？

我終於了解什麼是絕處逢生，死地得生的道理。

整天，共軍進行嚴密的搜索，我聽到松林內密集的機槍掃射聲音，那是共軍威力搜索的手段，我擔心弟兄們是否能避過亂射的槍彈？

他們的嚴密佈哨，使我不敢輕易撥開繁密的莽草，墓穴裡陰暗得令人顫慄。

昨晚，趁著爆炸聲，趁著匪軍混亂的機會，我盲目的奔躍出松林，在林子後緣的墓地躲藏起來，費了好大的勁才移開一座墓碑，失去了弟兄們，得到一處可以藏身之地，我能再做什麼呢？

在狹窄陰濕的墓穴裡，我忽睡忽醒，疑眞疑幻，做著噩夢，醒時，心事湧上心頭，紛雜莫名，戰爭的情景，是那麼遙遠，又那麼近，重複交疊。

是的！我必須堅持到底。

可是，我能蹲伏不動嗎？

我不甘心坐以待斃，更不甘心被俘虜。

近夜了，匪軍仍在搜索、構工。

朦朧中，我被一種熟悉的聲音驚醒！仔細傾聽，那絕不是錯覺。

吱——唧唧！

吱——唧唧！

我興奮的撥開草，對著外面回應夜蟲的叫聲，這是我們在臺灣基地訓練時就已規定好的夜間聯絡聲號。

我的唇乾渴，喉間燒痛，所發出的聲音微細得令我懊惱。聲音停止了。

我再努力的發聲，可是，沒有回聲。

松濤訇訇，我頹然趴在縫隙；飢餓的感覺絞痛我，使我無法抑制顫抖，閉上眼睛，似乎連呼吸的力量都用盡了。

再度從昏睡中醒來。

吱——唧唧！

吱——唧唧！

很清晰的聲音，甚至我可以確定那是第一班的何祥發，他的聲音就是那麼酷似蟲鳴。

我很想喊叫，冰冷的氣溫使我清醒不少，再發出的聲音仍然微細。

吱——唧唧！

吱——唧唧！

吱——唧唧！

我的呼吸急促。回聲持續了很久，我的弟兄，老沈他們。

一閃，那影子倏地消失，我趕緊依伏下來。

吱——唧唧！

吱——唧唧！

我充滿一股突然生起的力量，用勁抵開墓碑。

慢慢的，我將下身移出墓穴。

突然，咱！我的鋼盔被扣了一下，眼前的一切旋轉起來。

是一種向上飛的感覺，忽然，又是一種失去平衡跌落下來的暈眩。

「排長！排長！」

「排長！」

「排長——」

睜眼，一團黑色襲過來。

「排長！」

老沈——

「排長！您聽——」

我倏地躍起，老沈的第一班弟兄在我身邊。

「我——」

「何祥發背您回來的，排長，您聽——」

外面，已是一片紫亮的天色，將黎明了。

「排長——」

所有的戰士，每一張臉都佈滿興奮。

「聽！那分明是飛機聲。」

喀！喀！喀！喀！喀！咔咔咔咔咔……

噠噠！噠噠噠噠——

噗嗚——噗嗚——咚咚咚咚咚——

共軍開始對空射擊。

「沒有錯！是我們的空軍。」

「啊！空軍——」

槍聲熱鬧起來，機聲雄壯時近時遠。

噠噠噠噠噠！

噗嗚——咚咚咚——

「小心——」

「別探出頭，小心被流彈……。」

話未講完，又是一排子彈噴射下來。

我們把剩餘的乾糧全部吃光，用鋼盔接雨水喝，我們要回去，我充滿信心。

空軍轟炸過後，平城一下子喧沸起來。

我檢視剩餘的彈藥，包括陣亡弟兄所遺留下來的，全部集中。

全排數十位弟兄，只剩下十多位，能夠戰鬥的只有九個人，對於受傷的弟兄必須想辦法送回陣地，舉目四望，瘡痍遍地，除了回去再沒有第二條路可循。

派在林沿警戒的何祥發報告，共軍調動松林附近的兵力向前運動，企圖不明，而占據平城的解放軍大部隊活動頻繁，所有的百姓都集合在一起。

「老沈！請您帶受傷的弟兄，趁老共現在警戒鬆懈，走原路，迅速歸隊。」

「排長，您——」

「回去後，向上級報告本排戰果。」

「要走，大家一齊走，要留，大家一齊留。」

「老沈，您快走，這是命令！」

環視弟兄們，我沉痛的說：「除了傷兵，誰要走，就走，我要留下，繼續戰鬥。」

老沈他們隱入密林。

包括我在內，一共六個人，我不再採取分散方式來襲擾共軍，那樣效果太差了，我們還有兩挺機槍，維持三十分鐘射擊的彈藥，如果判斷不錯，共軍準備立即發起攻擊，不管我和弟兄們結果如何，我決定集中使用火力突擊後背。

從望遠鏡裡我們很清晰的看到；解放軍幹部在督導老百姓領取手榴彈、子彈。

這次攻擊很可能是老共的孤注一擲，他們甚至用TNT爆破少數還完整的房子；平城已形同廢墟。

不到幾分鐘，共軍重新構築的砲陣地，集中火力向我陣地一點轟擊，他們想突破一點，利用一點擴面，進而占領高地群。

何祥發急匆匆的跑回來；共軍砲陣地警戒森嚴，集結的老百姓及共軍開始向兩翼湧去，中央正面是共軍最精銳的部隊，我試著以無線電向陣地聯絡，除了一陣雜音，再也聽不清楚。我已明白共軍的企圖。

我陣地正面陸續遭共軍砲擊及精銳猛攻、猛衝，兩翼勢必形成空隙，而無數的老百姓及共軍第二線部隊正向兩翼實施包圍。

「走！」

繞過松林，我再也顧不了被老共警戒發現的危險，直逼東面第二線部隊及百姓所組成的人海後背。

果然，第一批人海正迅速向我高地側翼祕密接近，第二波也跟進，共軍在後面也已有向前推進的跡象。

我陣地砲兵開始還擊，可是，平城的共軍已全部在砲兵射程的前緣，砲彈並不能構成共軍的威脅。

無線電仍然不通。

這麼陰暗的天色，平城的周遭又植滿樹林，這對我陣地的觀測影響一定很大，無形中也掩護了共軍的攻擊行動。

「他們走了。」李進說。

「聽我命令再開始射擊。」

機槍手李進和何祥發擔任射手，我特別注意觀察，尋求要點。

「啊──」

扛彈藥箱的馬振維忽然跌倒，整箱子彈摔落在濕濘的地上。在這時候，居然……。

「混帳！」李進放下機槍，朝馬振維撲過去。

「李進！」我喝道：「你們想自殺？」

槍聲響了。

「趕快，繼續前進。」

共軍主力部隊已與我軍發生接觸，側翼的人海加速運動。

馬振維滿臉的泥濘，李進的臉上卻掛著眼淚。

「別再婆婆媽媽了，不要玩家家酒。」何祥發回過頭。

「保持肅靜。」我說：「要打架，等子彈打光了再打。」

我們默默的跟隨匪的人海向我陣地推進，陣地愈來愈近；果然，兩翼的我軍已在支援中央正面。

第一波人海猝然向側翼奔上去，吶喊聲震天，側翼我軍這才發覺。

「開始射擊！」

噠噠噠噠噠……

喀喀喀喀喀……

乒乒乒乒乒……

嘟嘟嘟嘟嘟……

共軍措手不及，我們的槍管紅了。

「變換陣地——」

噠噠噠噠噠……

喀喀喀喀喀……

嘟嘟嘟嘟嘟……

咻——

第三波共軍向後反撲。

「迅速隱蔽。」

共軍一線展開，企圖搜索我們。

忽然，第二波人海也折回了。

嘟嘟嘟嘟嘟……

咯咯咯咯咯……

噠噠噠噠噠……

第一波人海正被火海制壓。

第二波、第三波人海擠成一團，共軍幹部大聲喊著。

「開始射擊——」

第一挺槍的何祥發突然停止射擊，他趴在槍托上，肩上、胸上流著血。

我把槍移到另一土丘，開始射擊混亂中的共軍。

共軍忽地向前，忽地向後。

沒想到被我陣地側翼火力制壓的人海，竟向我撲擊，手榴彈像一群失向的鳥，在第二、三波的共軍上空展開，向下撲散。

爆炸的聲音忽起忽落，機槍子彈射光了。我們連忙奔入林中，我胸前仍有一枚手榴彈。

奔躍，入林，出林，腐屍的氣味很濃。

「排長——」李進撲倒下來。

隱約，我們聽到談話聲。

「被包圍了？」馬振維問。

「你怕？」李進瞪著他。

「別暴露自己！」我說：「林南生、李進，你們去偵察，其餘的人到那邊隱蔽。」

竟然是老沈他們，那幾個傷兵哭了。

當他們到半路時，陣地已與共軍接觸，只有就地隱匿起來，沒想到碰到十多個脫逃的民兵。

現在，要歸還本隊已經不可能。

陣地內我軍與共軍正做最激烈的戰鬥，不時有流彈飛入樹林，擊落樹枝。

這幾位歸正的民兵和傷兵是一大負擔，我們不能前進，也不能後退，只有固守此地了，而醫藥、糧食不可能有補給。

八

也許，這是奇蹟。

長夜漫漫，任何一絲風吹雨打林椏的聲音，都帶給傷兵和新生同志們無比的驚慌。

但是，我的神經末梢似乎麻木了，睡眠是我迫切需要的，甚至於在潛意識裡我是悲哀的，動物般的悲哀，如果敵人來圍殺，我將像動物一般的死亡。

疲倦、飢餓緊緊綰住我們，靠著微雨，我們吸吮著從針葉尖滴落的水珠，但這又是何等可悲；我是中華民國的軍官，一個陸軍步兵中尉，帶領著一群殘兵，就困死在這裡嗎？

以劍和血書寫歷史的軍人是英雄；而我，我只是一群殘兵的指揮者，我不能離開我的生死夥伴。

這一場戰役，自始至現在，我只是一個小小的角色，是悲劇性的，若說英雄是悲劇塑造出來的，那麼，我所扮演的角色並沒有那股濃厚浩然的悲劇氣氛，而只是大悲劇中的小演員。

戰爭本身就帶著悲劇的氣氛，本來，我們的民族就在歷史的悲劇中接受琢磨，反共的總決戰是結束悲劇的唯一道路，以戰爭換得民族的遠景，在戰場上指揮作戰是我夢寐以求的英雄之夢；而今，我即將在大悲劇裡消失，我的夢，也將歸化於烏有。

整夜，我的思緒起伏，在昏睡的狀態中，重拾過往的點滴，心中的悲哀愈來愈重。

夥伴們靜坐在風雨中，他們同我一樣，也許是在等待死亡。

我想起《等待果陀》的戲；果陀總是不出現，而那個愚蠢的傢伙，那一群笨豬卻三番兩次的等待他，也許他在戲弄他們，他眞能代表什麼?是一種嘲諷吧！

「不要吵我！」我憤怒起來，是哪個不識相的傢伙來打擾我！

「是我，排長，咈咈咈。」

老沈嗚住嘴，又咳了起來。

「有狀況！」

我坐起來，來不及思索——

「疏散——掩護起來！」

分明是輕躡的腳步，貓一般的。

我握著刺刀，握著手榴彈。腳步，幽靈般的在背後撥動泥地上的落葉。

咳！咈咈咈！

該死的老沈。

撲擊，把樹葉弄響，老沈被發現了，他被——

「不要動！」

我隱在樹叢後，該死的傢伙，老沈被抱住，兩條影子圍住他。

那些傷兵也被發現了，那幾個畏縮的民兵全被押了。

手榴彈被我握出汗，還好李進、馬振維、林南生沒有被發覺。

老沈在和他們談什麼？

一聲驚呼！

手上的唯一一枚手榴彈，我抽掉保險。

咦！老沈怎被放開了？

「排長！排長，是自己人。」

「杜中尉，我們是第十軍團的特遣部隊。」

其中有詐？

我小心的接近他們，伸手一鎖，扣住一個傢伙的頸部，手上還握著手榴彈，右手是刺刀。

「誰？」

九

指揮官寬厚的掌握住我的手，從他眼中迸射出來的是虎樣威武的精芒。

「恭喜——杜臺生！」營長發給我一張調職人事命令：「杜連長。」

胸口，是一枚勳章，我抑住眼眶裡的熱淚，吸了口氣；天空，柔柔的藍，天空藍，雲飄著，我們空軍機群正在雲中梭巡，陽光照在機翼，花白花白的。

「有什麼問題？杜連長。」

「報告指揮官，我請求參加下午的戰況檢討會。」

指揮官爽快的叫出：「好！」

站在旁邊的營長睨了我一眼，笑了。

●

指揮官親自講解戰況，一幅佈滿兵棋的要點懸在壁上，大家靜肅著。

「初期，A區之共軍被我第十軍團擊潰，乃竄向A區附近尚未被我肅清之山區實施整頓。

A區光復後，我軍續向B攻擊，B區共軍頑抗，與我軍激戰，但終於為我陸空聯合作戰所擊敗，我軍必須經過相當時日之整編，重新佈署方可繼續作戰。A、B兩區殘匪有聯合發起逆襲我軍之企圖，刻不容緩，刻不容緩。」

指揮官重複著「刻不容緩」，兩眼掃視各部隊長，忽然露齒一笑：「嘿！刻不容緩。」舉起那枝泛黃的竹節，往壁上一指：「本部乃奉命支援第十軍團，是的，支援。」喃喃的：「支援。」向誰點頭似的，一下子聲音昂高，啞啞濁濁的透出丹田之氣：「支援。」

支援？

「誘使尚未聯合之殘匪向後，看！」

紅筆從A區附近的山區，歪歪斜斜的畫，一直畫到平城。

「嘿！我們——」掃視全場：「共軍本以為我們是一塊肥肉，吃掉這塊肉，再由這裡——紅筆又彎向繁繁複複的等高線：「不僅可以切斷我軍之補給，又可以繞道向B區，一樣可以與B區殘敵聯合反攻B區，懂吧？」

指揮官特別看看我，挺挺胸，眼裡露出笑意。

「兩面夾擊，似乎很成功。」收住帶著諷刺及得意的笑：「第十軍團連連征戰，每戰必勝，直至B戰區，一方面恢復元氣，一面準備與剛登陸L區之軍合力進剿A區，A區之地形——」很嚴肅的臉容，虎一般的凝視：「看！這地形，易守難攻，贏這一仗，反攻大陸就完全成功，輸這一仗，哼！」點點頭，再掃視全場，用眼光說話，輸這一仗，咱們要做亡魂野鬼的意思吧。

「因此，本部乃負有箝制A區殘敵，牽制B區殘敵之任務，懂吧！」又看看我，看得我有些心慌，全場長官都不約而同的也望望我；我的官職、年齡是在場中最小最年輕的。

又笑了：「世界上沒有那種戰法，我是說：沒有那種笨到把部隊撤了又撤，然後跑進敵人口袋尋死的指揮官。」

全場的人都笑了，很有快意的。

「可是啊！就有那種蠢蛋以爲有那種指揮官。」

罵誰？我有些心虛。

「我們的支援成功啦！在這一帶，平城後諸高地，本部的部署——」

指揮官充滿丹田之氣的聲音揚高起來：「支援成功，國軍就能全面勝利；支援成功的意思是什麼？」沉吟了一下，憂鬱的看著要圖：「看哪！殘敵有幾個師？圍住我們。」聲音有些激動：「這樣的攻擊，這樣的衝鋒，無所不用其極。」

全場靜肅，指揮官的語氣降緩，啞啞濁濁的音調。

「咱們全師士氣旺盛，戰志高昂，也就這麼的守著。絕不讓敵有反撲向B區的機會，這是咱們成功的支援。」

指揮官開始分述每次接觸戰的狀況，他善於隱藏情緒的臉，不時透出哀傷。

我想起弟兄們，似乎又聞到山林中的瘴氣，臉上似乎還餘著硝煙的氣息，感覺自己是崩拆的軀體，全身的力量都被那股窒人的死寂、無助、哀傷所吞食了。

「杜連長。」營長輕聲叫我：「指揮官在叫你。」

「有！」慌忙站起來。

「這個小傢伙。」指揮官指著我：「很漂亮的年輕軍官——」

全場的長官竊竊私笑。

「沒有他的不怕死、不知死，我們的陣地威脅——敵火力，砲火眞是傾全力以出，簡直令人抬不起頭。」

我有些靦腆，指揮官笑著，有些不懷好意：「現在，我們請他談談心得吧！」

手一擺，竟把他那截發黃的竹節交給我。

面對掛得那麼近的要圖，廣大的一幅擺滿兵棋，佈著山川、河流、道路、屋舍的圖，有些暈眩。

我不知道自己在講些什麼，心中的委屈化開了，卻有一種嗚咽的激動。

「對！對！」指揮官站起來，鼓掌，全面響起掌聲。

靜肅。

指揮官握拳，擊向空中，虎樣的一張臉透出虎樣的精芒，虎吼一般的聲音：「是的！攻擊！攻擊！再攻擊！是唯一致勝的手段。」

丹田的力量從耳膜貫入心扉。

發。

十

將整建任務交給負責兩個大戰區及附近的第十軍團友軍，休息兩天後，我們向L區出道路已經暢通，當我們從平城抵達定市時，天候奇寒，似乎聞到雪的氣味，聽說山區已經飄著雪花。

老沈，本連第一排長，他說他踏遍大江南北，他很熟悉的氣息，雪的氣息已經從天空透下來，那是一種微微的似有若無的冷。雖然已經很久很久沒有聞過，但他堅信自己的嗅覺的記憶。

士兵們圍著老沈，聽他述說雪的記憶，彷彿，雪花已飄起來，士兵們的眼睛怔怔望向天空。

雪尚未飄降，就講到雪融情景。

雪融、解凍的聲音像機槍射擊，從老沈的口中發出，逗得士兵們哈哈大笑。

吃晚飯時，啜著酒的老沈忽然放下碗。

「我看到了！連長。」

「什麼？」

「雪！」

雪！雪！士兵們歡呼起來。

士兵們擁到窗口；一片薄薄細細的雪灑著，飄著。

有人跑到外面，捧了一掌的雪。

「快過年了。」第二排排長說。

「早已是春天了。」

「春雪又薄又香。」

雪花飄著，漸漸的由稀少而增多，終於形成紛紛亂墜的情景。

夜，士兵們在雪降的輕音中酣睡。

遠地，白茫茫的雪原，忽然凸長出樹般的影子，本來是細細小小的點，愈移愈近，眞要被誤視爲許多樹。

哨兵早已發現；初時，以爲被雪埋沒的樹，由於雪融而暴露出的影子，而雪花還在飄，雖然薄，卻也積起柔柔的厚度了。

進入自衛戰鬥的位置——

槍聲在雪地裡呼嘯起來。

追擊！

雪地映射出日光亮度，敵人的屍體覆著雪花，是共軍的偵察部隊，從受傷共軍的口中得知；約有千餘共軍在五十里外的村莊準備對我部實施夜襲。

「夜襲，」指揮官笑笑：「杜連長，你看呢——」

黎明，天空不再那麼熱鬧。

「報告指揮官——」

「嗯！我知道了。」指揮官出拳，對空擊出。

「雪融時是最好的時機。」

「攻擊！」

●

五十里外村莊，在山的環抱中，孤零零的。

在雪地行走五十里，眞是漫漫長路，雪融，天寒地凍，手榴彈成束扔出。

轟！

轟！

猛湍向山谷的水，從山上滾滾傾下，襲向谷地的村莊，雪融得眞快，水也愈流愈猛。

回到駐地，忽然覺得有些陌生，又有些親切；每一顆樹垂著成串的水珠，每一家屋舍掛著成柱的冰條，細細的，愈來愈瘦，終於化成水跌到泥土上。

平原，白色的雪愈融愈薄，薄成透明，透明的景色一直伸展，由左而右，由前而後，面的擴延，極目所望，盡是雪融的景色，雪融的音調很低微，大地冒起輕輕淡淡的煙，春天早已蘊藏在雪地裡，就要將青翠滋長出來了。

雪融千里，春天的腳步是雪融的聲音。

小記：一九七七年，我以軍校戰術課程中的戰場狀況想定，寫成這篇小說，參加第十三屆國軍文藝金像獎，在第一名從缺下得到銀像獎，故事不脫戰鬥文藝的窠臼，但年輕軍官「反攻大陸」的志氣，卻是昂揚的。

生命之歌

高度

生命有多高？多深？
夢魘有多大？多廣？
吟唱一首歌，
有關生命的，
有關嬰兒的，
有關一個戰士以及父親、丈夫的。
用苦難去丈量生命，
用幸福去探究生命。

鐵刺犁過他的背脊，
留下不癒的傷痕伴著噩夢；
但他的樂觀，教他發現並創造了
徠延、美麗的生命之歌……

一九六二年五月，對邵清而言，是一串噩夢的日子，沉重的，奔竄的，急驟的透著死亡氣息，要讓人發狂的日子，千萬鈞夢魘的力量，壓得人喘不過氣。

他永遠無法袪除自背肌擴張開來的痛楚，那種被撕裂，被深深割入的灼痛的感覺；他的背上，一列不規則的疤，蜈蚣般貼著，這是他痛苦的起點。

邵清經常伸手困難地抓擠背後的疤，很癢，也許是過敏，擦過無數的藥物，而隱藏在疤下的灼痛，總在他墮入那年五月的噩夢，適時地由癢而痛，他想捏擠出膿血什麼的，身上每一根神經末梢卻無端旋蕩起那種深刻的、難熬的刺痠，尤其是吹著海風的夜晚，夢魘便纏繞住他。

每每如此，他總是走出碉堡，讓冷冽的風，灌醉自己，且用鏗鏘的步伐查視每一個據點，拍拍弟兄們寬厚的肩胛，握握他們粗大的手掌，檢查每一據點的射界，他期待著，期待碉堡射口噴灑出輝燦的火花，燒起來，煥亮夜黑成朗麗的朝曦。

他知道，唯有如此，他的夢魘才能消失。

他緊緊握住腰間的手槍，睇視暗冥的一切。

而今夜，邵清以六十哩的速度奔向那幢守著一個女人，他的妻子的樓屋。

他有種醒夢的清明。

他將得到一個嬰兒，這世上唯一能代替他的生命。

車聲嘎然在巷口止住，邵清急奔入醫院裡。

收到電報，部隊演習剛結束。他必須回家，守護他的妻子，他的嬰兒。

邵清期待已久。他要讓嬰兒的臉，深刻入胸懷，他要緊緊擁抱他。

他是忘不了的，那年五月，某個夜晚，母親擁住他，嬰兒般擁住他和弟弟，默默落淚，淚水浸濕三個人的臉及心，就這樣離別了。

他的妻子，一個堅強如母親的女人，此刻，躺臥在長形的產床上，正忍受極大的痛苦。

邵清握住她冰冷的手，仔細地看著她。

慘白的臉龐，一粒粒汗珠在些微雀斑間滾動，如一朵白蓮。她痛昏過去。

邵清俯伏在她身側，輕喚她的名字。

生之過程是如此痛苦。

遙遠而又恍如昨日的那串噩夢，陌生而又熟悉的「文錦渡」的荒莽野煙，梟然於腦海裡，飄升起來。

夜，鬼魅地氤氳，占據人潮的每一顆心。

山與水攫住人們的身肢，無邊的冥晦，在微明微暗裡，每一顆心被煮沸，被混濁的夜色淋成燃盡的煤球。怎樣遙迢的路啊？

山徑蜿蜒，崎嶇難行，崖壁以及森林草棘，叫人驚心於自我的卑弱。有鳥群乍然飛起，有蟲獸聲兀然嘶嘯，牠們任意飛起飛落，放肆地亢聲合唱。

人們連呼吸都要屏氣噤音，然而，斷崖仍然以高度及峻石誘惑失向的人，將身軀以垂直的姿勢投入，爾後，消失。河渠裡，漩渦及礁岩、不可測知的陷阱，以淙淙水音，響過泅渡者的額際，把持不住簡陋救生具，如輪胎內胎、汽球、臉盆的人，只有逐波而去。

嘆息及暗泣，在人群中流行著。沒有人疏緩步伐，路，未知的；沒有倒下的，便繼續前進。

人群中，除了嘆息及暗泣，某些訊息也傳遞著。

之一：只要被遣返，就是死路一條。

「文錦渡」是一個可怕的暗影，是逃亡者斷魂的鬼門關。那裡是遣返難胞的關卡。

無數從鬥爭、勞改、下放苟延一息，加入人群的逃亡者，總是搶在行列前頭。邊界是他們的床，只有到達邊界，他們才有憩息的機會，他們也才敢放心地呼吸。

邵清和許多人一樣，以慌亂的步伐，踏向茫然未知的前程。

人們傳遞的訊息之二：

邊界上，無數凶猛的狼犬，正蹲伏著等待渴飲血肉。

之三：

新界浮起的屍體，壅塞住河道。

之四：

邊界的夏日，陽光清亮，但是，警察如豺狼。

突然，人們倉卒向兩側叢荊雜棘間散開。

邵清拉著弟弟的手，藏身在一簇野菠蘿裡，細細密密的葉枝尖刺染上兄弟倆的鮮血，弟弟格外恐懼，哆索著身子，緊緊靠著邵清。

有經驗的人，把耳朵貼在地面傾聽。

那是令人迷惑、驚亂的聲音。

人群的身軀，在這般夏夜，蚊蚋總特別有興趣，尤其是在狀況不明時，許多人的肢體都被叮噬成長滿痘粒的軀幹，發燒症和傳遞的訊息一樣，令人隱不住悸動地流汗。

會是追逐者嗎？

會是搜索者嗎？

訊息之五：

香港政府對逃亡難民，自始即採限制入境及立即遣返的政策。

而遠自西北甘肅，東北遼寧及長江、黃河流域的逃亡者，使人潮更加洶湧，已經沒有什麼可以阻擋這股怒浪了，原本荒涼的邊界，無數小路由無數的腳步踏出來。

證實不是追逐或搜索者的步音，人們相繼走出叢荊，繼續前進。

那只是一條激流吧。

水音引領焦渴的人們至曖昧一岸，俯身暢飲。

邵清和他的弟弟把頭及臉浸在水裡，他擁住弟弟，用衣衫一角拭著弟弟眼角氾濫出來的淚。

訊息像風一樣，吹過人們的耳朵。

快到邊界了。

他們開始分散；命運之神的巨掌，握住未知的未來。

方位判定的常識，使他們順利找到方向。人群裡，有失去漁船的漁民，沒有田地的農民，被沒收資本的商人，被迫離開廟宇的和尚、尼姑，和沒有書本的知識分子。

人們躡足潛行，貓一般的腳步，在夜暗裡，山雄渾地呼吸著，幾隻螢火都要懾人心魂。

忽忽燈影嘩亮，犬聲促促，拉送槍機及開啓保險的金屬聲音，夾在唬人的暴喝裡，每個人的胸膛猛擊著鼓鼙。

邵清拉著弟弟就跑，身後，不少被拘捕的同伴，發出哀叫，他們的身軀雨點般的落下槍托及長筒靴的腳印以及自大的英軍的拳頭。對英軍及香港警察而言，今夜，又是豐收。

對岸，就是繁華的都城。啊！香港……

邵清和弟弟滑入河裡。許多人也在水中露出表情模糊的臉。於是，救生圈或汽球或內輪胎，再度被他們小心的充氣，嘴巴對著氣孔，像夜遊的蛇，嘶嘶嘶嘶，吹著。然後，他們划動枯瘦的手臂，踢動細小的腳，水聲轆轆，對岸，燈影裡，某種誘人的神祕氣息渲染著，令這些泳技並不高明的同伴，互相憐憫地張望。

驀然，水漩處，黑色的曖昧中，邵清發現同行的一位中年人失去蹤影。他緊緊咬住弟弟捆在腰肢間的細繩。

水中的嶙岩，那樣的沉默，尖銳的角牴，像一隻隻冷靜的鬥牛，讓泳者用四肢或身體去碰觸，流血。河，並不排拒一切自人體血脈流出的紅豔的液體。

邵清突然感到前額被堅硬的物體碰擊，一抬頭，他幾乎不敢相信，他到達岸邊了。弟弟改以仰姿，垂著雙手，他感覺他在看他。

他們的身軀，抵抗不住飢餓與疲倦，因而顫抖得厲害。

周遭陷入一種陌生的恐懼裡。夜空，星光慘淡，熠熠滅滅。逐漸，人聲嘩然，急促的長筒靴喀喀敲響岸基，狼犬們以敏銳的嗅覺，在空氣裡搜尋。

弟弟的氣喘又患了，他的胸口起伏不定，邵清跪臥在他身側，一邊照顧他，一邊窺視四周。

英軍爽快的笑聲，夾在急吼的狼犬叫吠裡。

許多影子，被影子捕獲。

許多影子，被影子擊倒。

許多影子，被影子推入水裡。

間有棍棒的毆擊及寂寞的槍響，子彈咻——掠過河岸，在那樣黑黝中，一線光束飛曳而去。射擊的大兵，不忘以曳光彈來顯示他的快樂。

十八歲的邵清及十六歲的邵平，蜷縮著身子，像被遺棄的嬰兒，在晨露微光中，被當成屍體，送上卡車。他醒過來時，肚子絞痛得很凶，他發現弟弟的身體滾燙。他大聲喊叫，香港警察驚異於十八歲少年旺盛的精力，賞給他一片三明治及一頓拳頭。

他們被送進等待遣返的集中營。文錦渡等著他及無數同伴，當人們看到「文錦渡」三個黑字，號啕的哭聲令英軍暴跳如雷。

四輪卡車，運豬般的裝滿這些人，向文錦渡出發。

車廂外，擠滿了黃皮膚的香港居民，他們喊著親友的姓名，向車裡投擲醫藥、糖果、麵包、速食麵、衣服等物品，坐在車內的人，有的呆坐不動，有的朝車外揮手、吶喊。

車速逐漸加快。

邵清推不動伏臥著的弟弟，弟弟一身的冰涼。車內其餘的乘客冷眼旁觀，有的人臉上早已失去表情。

他拭了拭流滑到下頷的淚痕，突然騰身向車外黃沙煙塵裡飛躍出去。

醒時，他看見滿天晶亮的星星，一鈎弦月在天際灑著溫柔的光輝。

他翻身，摯住一叢蓬草，腰間卻被石頭頂得痠痛，想站起來，又跌趴下去。

他想好好睡一覺。隱約裡，紛沓的步聲從地面上傳來，他太疲憊，可是，他必須站起來，遠離被逮捕的後果。

滿天晶亮的星星，倏地飛旋起來。

溫柔的鵝黃光輝的弦月，飛落。

天地間，泛漾著水波。

邵清艱難地移動步伐，一種飄浮的幻覺，一種沉落的昏迷。

哦——媽媽。

他投向的不是媽媽的胸懷。他幾乎確定自己的生命，如一枝殘燭，快熄了。他是碰到一塊巨石。

確定是一伍搜索者。他們心虛的拉槍機壯膽，邵清看清楚，幾條人影在百公尺外梭巡。

他以爬行的姿勢向側方移動，而可以確定的，這裡是邊界。邵清的血脈裡，流動起亢奮的熱血，他又肯定自己仍是有機的生命。他回憶昨夜到白天的情景，是那麼驚心的過程。

邵清感覺格外的清醒，他忘了全身的疼痠。那一伍人影漸去。肚子的絞痛，卻又格外地令人難受。

於是，邵清在一個小土堆上睡著了。

一切都很平靜；在痛苦之後。

如同今夜，邵清是平靜的，他看著妻子在產床上，掙扎著。他沒有初爲人父的焦躁，只覺得平靜、柔和，這是理所當然的生之過程，他知道。

他內心平靜，而且莊嚴；這樣凝視妻子。

握緊她的手，鼓勵她。

他選擇去年五月，與秀眞步入結婚禮堂。

今天晚上，她將成爲一個驕傲的母親。

他要撚香，禱告母親，邵家的香火將永不熄滅。

一九六二年春天，就在除夕夜。當然，沒有人敢提「除夕」應該怎麼樣點燃爐火。雪冷的空氣，直滲入每一個「人民」的身心。那晚，從鬥爭會場上，扶著母親回到頹敗的泥屋裡，她的淚痕未乾，衣衫上，染著的父親淋漓的血花點依然豔紅驚心。

她要兩個兒子離開她。她要自己去收屍。

這是「烈士遺屬」的下場。大哥、二哥在「黨」的培育下，成爲解放軍的「中堅幹部」，他們在朝鮮半島上，光榮的完成「解放」的任務，當然，他們也永遠地被解放了。邵家的門楣更加上光榮兩字，從不與人爭的邵老大，除了奉獻兩個兒子外，還「自願」把邵家大院，交給「人民」，把十畝良田交給公社。

即使如此，「人民」仍然要他認錯。就爲了他發了幾句牢騷，抱怨日子太苦。在檢討會上，邵老人一改那溫順的性子，非但不認錯，還公然數說「人民政府」的罪狀。他和「頑固派」一樣，在鬥爭會上，被「人民」憤怒的打死，吐血死的。

這一切都很清晰。

每當，背肌上的長疤開始灼痛時，邵清便要陷入一九六二年的噩夢。

在晨光中，他驚駭地醒過來。

居然，他在邊界的警戒區內睡了一夜。

邵清匍匐而行。蘆葦太密，太深，他可以以此作爲掩護，但也增加了前進的困難，加上昏沉的腦海裡，一片灰鬱，四肢頹軟無力。

驀然，犬吠聲急劇起來。

他死命地前行，一股莫名的力量催促著他。

一陣刺痛從背肌上傳到原本麻木的神經。

這狡詭的邊界，佈滿埋伏的鐵蒺藜。

他讓芒刺刺醒他的意識。事實上，他已被鐵刺絆勾住背上的衣服及肌肉，但他繼續前進，陷入肌裡的芒刺便更加放肆地犁割他的血肉。

幾度的昏沉，幾度的醒轉。他終於幸運地，以沾滿血的灼痛感覺的身軀，站在自由的土地上，暢然呼吸。

產房的門被推開，醫生走進來。

「是第一胎嗎，邵先生？」醫生問。

「是的。」邵清昂然地回答。

旁邊的護士覺得有些詫異，看看他，嘴角忍不住一抹笑意。

他並不覺得可笑。當然，以他的年齡，應該有一群孩子才對。

秀眞──他的妻子，堅強如母親的女子，將會爲他撫育許多兒女。這一點，邵清有種浪漫的懷想，他要他的孩子們，將來，回到家鄉，耕種那十畝良田。

這幾年來，邵清千方百計的打聽家鄉的消息。尤其在他數度駐防前線，一水之隔，總是幾分傷感。

颱風帶來他日思夜夢的消息：一艘破舊的漁船飄進防區海岸線上。

邵清從陣地內衝出來，並要哨兵警戒。

從船上走下十幾個衣衫襤褸的漁民，他們驚恐的臉上，佈著風霜。一頓豐碩的熱食，使他們蒼黃枯鬱的面容，有些微笑意。

邵清看到一張萎瘦的臉，臉上兩個深陷的眼眶，微溼，那人顫抖著身肢，對著他睇視，他覺得有些蹊蹺。

「連長……」

「有事？老伯——」

他看著邵清的名牌，「你好面熟！」

邵清猛然一悸，多麼熟稔的鄉音。

也許是故鄉來的人，但邵清不敢，也不能相認，他忍住，但仍多給了他們一些乾糧。並在向上級報告，在風雨停歇後，親自送他們離開海岸，他們仍然要回到對岸，仍然要在不確定的海上討生活。

他盯視著老人，思索著家鄉親友的輪廓。

在邵清移防本島的那年秋天，他找到了他的新娘，那樣順理成章，有些傳奇的意味，是他有生以來第一件喜事。

全師的人都知道，邵清連長的喜事，也是國軍助割的收穫之一。

民國六十五年秋，部隊奉命展開助割任務。

莒光連連長邵清帶領八十七名弟兄，在褒忠鄉開始幫助鄉民秋收。

軍令如山，助割期間，弟兄們都嚴守軍紀，秋毫無犯，連開水都是自備。工作任務相當的順利。

邵清沒想到「違反」軍紀的竟是一個刁蠻的女子；弟兄們婉拒她及家人送來的涼點，她卻吵著要找「大官」理論。

「我們只有連長，沒有大官。」邵清摘下上笠，笑著說。

「那我就找連長。」

「我就是。」

女子愣住了。那個被公認爲手腳最俐落的老阿兵哥，是連長啊？

「我不信，你別騙我，你以爲我是鄉下人，不知道連長的樣子嗎？」國語相當流利，態度也相當刁。

旁邊的弟兄被她逗笑了。

「連長的樣子？連長是什麼樣子？」邵清有意爲辛苦的弟兄們添注輕鬆的笑語。

「我弟弟的連長，很年輕，領子上，一朵金花，衣服挺挺的，皮鞋亮亮的。你不像！」很肯定的樣子；「再說，哪有那樣壞的連長，人家汗流浹背，又不准那，不准這，世界上，又不是只有連長最大。」講得頭頭是道，聽的也哈哈大笑。

邵清反而一時語塞，說不出話來。好在弟兄們很有默契，幫著他講話。

「那——你們不吃，要我挑回去，倒水溝？」女子提高聲音。

「不是說過嗎？村長不是交代過你們嗎？不要準備任何東西，我們都是一家人，不用那麼客氣。」邵清保持笑容：「妳只好挑回去，慢慢吃囉！」

「都是你這個壞連長，好在我弟弟的連長比較善良，要不然，哼！」

邵清笑了笑，沒有回答。

「好了啦！連長，算我錯啦，你看在我弟弟也在當阿兵哥的分上，讓他們幫我忙，吃了吧！」

邵清面有難色。小妮子的反應奇快：「放心，保證安全衛生，我親手做的。」

「輔導長，您看——怎麼辦？」

輔座挨近身邊，表示贊同：「我們還是別違拗她的好意，晚上，送兩百塊錢給村長，請村長轉交給范小姐。」

值星官得到連長的示意，便允許隊伍解散休息，依序吃仙草冰。

過了兩天，助割隊轉移至鄰近鄉地，沒想到范小姐竟找來了。氣沖沖拿著兩張百元鈔票，來勢洶洶，面對邵清，便理論起來。

「軍愛民，民敬軍，哪裡不對？你這個壞連長。」

邵清只好苦笑，讓輔導長和幾位弟兄應付她。

她臨走前，指著邵清：「你給我記住！」臉上卻帶著笑容。是連上弟兄出的主意，要她利用郵寄，還給連長。

千里姻緣一線牽，從來沒有想過要成家的邵清，竟被一位鄉下姑娘要求「做個朋友」，而有些心猿意馬了。連上弟兄也順水推舟，提供了有關范小姐的資料，輔導長更熱心的穿針引線，安排她到連上玩，參觀菜圃、豬欄，由她提供技術指導。她和弟兄們打成一片，且自稱老大姊。

邵清約略了解她：一個沒有讀過什麼書的女孩，卻有強烈的求知欲，她的父母雙亡，家裡現有兄弟二人，哥哥已經成家，現在是小學教員，弟弟正在服預官役，家計大都依靠她來維持。可敬的是，她爲了兄弟的學業，犧牲了美好的少女青春，終日埋首田間，她耕作的技巧不亞於村裡任何一個男人。

范家的親友沒有不盡力促成這門親事的，助割完後兩個月，便由村長主動說媒，隔年春天，他們訂婚，五月，他們走進結婚禮堂。

像夢一樣，不是夢。

邵清感覺婚姻是一件十分莊嚴的大事。秀眞給他幸福的甘美，一時之間，邵清竟時有恍惚如夢的幻覺。

而那個噩夢，卻在他十分滿足於幸福時，刺痛他的心，他的血脈。

他展露背肌上，一片赭紅的長疤，在燈下，她仔細的看著，仔細聽著他述說不是故事的十八歲的故事。

「世界上，比我這『壞』連長還壞的人，就是使我終年噩夢的人。」邵清做作出微笑。

邵清鋪開地圖，指著福建省清溝縣的位置。

這新奇的一課，使她的眼底蓄滿淚水。

同時，他還讓她知道母親的個性，描述她的形貌。

新娘點著頭，偎向他。

她問：「我們家的田地，種幾號的秧仔？」

邵清笑了。

那一片存在於記憶中，黑的土地，飄著玉米香，飄著稻香的田野。

「現在，恐怕種著野草，也許是荒在那兒龜裂了。」

她似懂非懂，卻用柔絲手帕輕揩他眼角的水滴。

婚後，邵清才了解她是十分溫柔的女人。

她總是靜靜等待他的回家。他忙的時候，她刻意求工的信，是他愉悅的活泉。

回家，邵清總是感動和感激地接受她體貼的照顧。午夜，他依然會跌入噩夢裡，醒時，他發現，妻子擁抱著他，如同母親擁抱嬰兒。

此刻，他們的嬰兒快要降生了。邵清平靜、莊嚴、喜悅地守護著，等待著。陣痛的時間縮短了。

她忍不住痛，叫喊起來。

邵清聽清楚，她呻吟的聲音，她叫著——

阿娘——

阿娘——

他緊握住妻子的手，感覺自己眼眶是濕的。

醫生把消毒好的器皿，排列在桌檯上。

「大夫，能讓她的痛減輕些嗎？」邵清問。

「第一胎，比較——我是說痛的強度比較高。再加上，您太太年齡比一般頭胎產婦要大一些，嗯——」醫生的語氣委婉。

「打針，打針可以吧？」

他只是想讓她的痛減輕些。他知道的，那種深刻的，尖銳的撕割，灼痛的，火辣的痛感。

「最好不要。」醫生說。

「清——清——不要了——打針——不要了，我可以忍受的！」她抓著他的手。

醫生診視後說：「很好，很好，來，我們一齊用力，用力——」

阿娘——

阿娘……

母親，今天，您的媳婦正在努力地點燃我們邵家的香火。母親，原諒兒子不孝，到今天才完成您的心願。

阿娘……

「好！好！好——」

血從她兩股間汩汩流淌，邵清聽到金屬桶底的回音。

邵清一抬頭。

新的生命在醫生手上，毫不遲疑的驚鑼一聲——

哇——

大家都很滿意吧？醫生幽默地說。

妻白蓮般的臉色，展出一朵清朗的笑靨。

邵清從護士手中，接過他的兒子，一個瞇著眼睛，油溼著細髮，皮膚鬆弛，全身紅亮的嬰兒，讓他顯得有些尖長的頭，枕在多繭的掌上。仔細看他，邵清的淚，滾熱，流淌在嬰兒的額際。

醫生、護士還在做善後處理。嬰兒好可愛。

邵清和秀貞都笑了。

「他很餓的樣子。」

「難怪嘛！他在肚子裡，我非要每天吃五餐不可，人家一大口眷補，夠三個大人吃，我卻吃得一粒不剩。」秀貞側身，撫摸著嬰兒。

邵清滿意極了。

嬰兒的眼睛開了，亮了。踢著兩隻小腳，揚起一疊清脆的哭聲。

回家，邵清裸著上身，小心抱起嬰兒，貼近胸口，他要他聽他的心脈躍動聲音，他要他抑揚有致的呼吸，和他的心音連在一起。

妻子頗能體會丈夫每每在爲小傢伙洗浴之後，以一套軟質黃呢軍衣，燙得齊整的軍衣，包裹他小小身軀的意義。

嬰兒的啼哭，往往撞開邵清的夢，那個一九六二年在文錦渡的夢，比較不那麼令他難堪了，背肌上，醜陋的疤痕也不再絞痛他全身的神經。

因爲，嬰兒總是把他和秀貞的夢，推向福建省清溝縣那十畝良田的稻香中。

邵清回到前線，瞻望著據點外，對岸模糊的山色，他不禁想念妻子和他的嬰兒。

他習慣於夜間起床，查視防區內每一哨所，拍拍弟兄們寬厚的肩，握握他們粗大的手。

噩夢終將遠離，他有充足的理由，相信回福建清溝老家大院，耕作十畝良田的夢，必然在不久之後，成爲事實；他和他的孩子們，在黑柔的泥土間，撒青播禾的種子，用力犁田，大膽的放聲朗笑。

邵清不是一個虛幻的織夢者，但他經常確切的聞到一種氣息，從閃亮的槍尖，從碩壯的弟兄身上虬圓的肌肉，從秀貞寄來的嬰兒微笑的照片，散發出來的氣息，醇美芳香的大地氣息，一種在戰火之後，硝煙消逝之後，人們回到田地，回到家園，新築的牆，新砌的埂堤，一切的新鮮所構成的美麗景象，在春日的陽光中，夾著泥土、草屑、果實香的空氣，就是那種氣息，令肺葉舒活的氣息。

那時候，他要帶領孩子們，大聲地唱，在田畔，亢然地唱，唱一支永遠的春天的歌，大地之歌，生命之歌。

廣 告 回 信	
台灣北區郵政	
管理局登記證	
北台字第15949號	

235-62
台北縣中和市中正路800號13樓之3

印刻出版有限公司　收

讀者服務部

姓名：＿＿＿＿＿＿＿＿　性別：□男　□女

郵遞區號：＿＿＿＿＿＿

地址：＿＿＿＿＿＿＿＿＿＿＿＿＿＿＿＿＿＿

電話：（日）＿＿＿＿＿＿＿＿（夜）＿＿＿＿＿＿＿＿

傳真：＿＿＿＿＿＿＿＿

e-mail：＿＿＿＿＿＿＿＿＿＿＿＿＿＿＿＿＿＿

INK

INK PUBLISHING

讀者服務卡

您買的書是：________________________

生日：________年________月________日

學歷：□國中　□高中　□大專　□研究所（含以上）

職業：□軍　□公　□教育　□商　□農

□服務業　□自由業　□學生　□家管

□製造業　□銷售員　□資訊業　□大衆傳播

□醫藥業　□交通業　□貿易業　□其他____________

購買的日期：________年________月________日

購書地點：□書店　□書展　□書報攤　□郵購　□直銷　□贈閱　□其他

您從那裡得知本書：□書店　□報紙　□雜誌　□網路　□親友介紹

□DM傳單　□廣播　□電視　□其他

您對本書的評價：（請填代號 1.非常滿意 2.滿意 3.普通 4.不滿意 5.非常不滿意）

內容______　封面設計______　版面設計______

讀完本書後您覺得：

1.□非常喜歡　2.□喜歡　3.□普通　4.□不喜歡　5.□非常不喜歡

您對於本書建議：

感謝您的惠顧，為了提供更好的服務，請填妥各欄資料，將讀者服務卡直接寄回或傳真本社，我們將隨時提供最新的出版、活動等相關訊息。

讀者服務專線：（02）2228-1626　讀者傳真專線：（02）2228-1598

江山有待

啓程

廖青睡不著。

就這樣昏昏沉沉地似睡非睡，在火車微微顛搖中，望著被雨水淋濕的車窗，看不到外面，只感覺速度，以及似是醉意，似是夢中的眩暈，車廂內燈影黃黯，有人斜臥著睡，頭都歪到座椅扶手外了，有人睡得太熟，嘴裡像咬著魷魚絲，意猶未盡咀著嚼著磨著牙，一、二人抽菸，空氣中些微尼古丁味，走道上散著紙牌；十一月天，微冷，電扇仍轉動著，一種不是靜止的靜，叫人介於醒或不醒之間的朦朧、不安、牽掛，像是憂鬱症的初期患者。廖青忽然想抽菸，從背包裡摸出壓扁的菸盒，才吸兩口，就咳了起來，要把淚咳出了。

廖青回頭，是林振發在推他，阿發比著「不要講話」的手勢，用眼睛示意他離座，指指坐在車廂後的李怪——士兵們在背後對士官長的稱呼，李金門，第二排排副。

廖青跟著他，小心推開車門：「做啥？」

阿發用手語說：「喝酒！」

第五節車箱後，王胖、劉仕章、瘦羊已經蹲在座椅下，酒剩下半瓶，花生、豆乾還有不少。

「幹！喝一杯，青仔欉，別苦瓜面的。」劉仕章一把拉住他的手，把紙杯遞給他。

廖青正想拒絕，他是不善菸、酒的。「哇操，廖青你還裝什麼和尙，都要上金門了，包你有吃不完的罐頭，喝——你不喝都不能的酒。」

廖青一抬手，紙杯裡的酒液猛灌入嘴裡。金門！他心中一緊。

「噓！別把連頭仔惹來。」王胖子自拿著酒瓶，咕嚕飲著，「臺灣B，讚！」連頭仔是連長的代名詞，B是啤酒的意思。

「到金門，換口味，高粱，哦，又燒又辣。」劉仕章吸著嘴唇，嘖嘖發聲，好像剛喝下的就是濃烈的高粱。「喂！青仔欉，到金門，敢不敢去八三么。」

廖青又輕啜一口啤酒，覺得苦，臉上的表情讓一夥人笑歪了。

「別，別——逗他了。」瘦羊興奮的時候，便又患了結巴，「阿青，到金門，你還能吃素嗎？」

「我——」廖青回答得認眞，「我不殺生，不近女色，總做得到吧！」

「呵哈！」大夥笑得抱肚子。

「你還以爲金門海岸有美人魚呢，不近女色，哈。」劉仕章色迷迷地捏了廖青大腿一把。

「免驚免驚，金門早已不打砲了，你想殺生，還不太可能呢，當然，冬天殺狗進補，夏天抓魚吃沙西米是難免的囉！」王胖三句不離吃的本行。

「這一去二冬三冬，四年五春看不到臺灣。」瘦羊有唱歌仔戲的本事，念起詞來倒滿流利。

「也好，在臺灣一筆風流債還不清，到金門修養一番，重新做人。」劉仕章一貫吊兒郎當。

「會怕嗎？阿青。」林振發輕聲問。

廖青一笑，又喝了口酒。

王胖一夥鬧笑成一團，正談著李怪的軼事，說他對八三么附近的地形熟得比上廁所的路還熟，說他買遍了八三么的票，每個「號」身上的特徵都一清二楚，包括痣的位置。說他當年隨軍到金門，因爲不識字，因爲年紀小，因爲連自己名字都丟在大陸老家，所以取了「金門」當名字，他是全師的元老，連新上任的師長都要喊他一聲「老大哥」，金門的每一條巷子、小路，他都走過。

劉仕章又從背包摸出一瓶酒，剛開好，一聲輕咳，李金門已經站在門口。大夥愣了一下，王胖反應快，先堆一臉瞇瞇的笑，再倒滿一杯，遞過去，「士官長，也喝一杯，嘿！廖青他們有些緊張，金門，那麼遠，又不知道有沒有危險，心中有驚，嘿！」

「死胖ㄓ。」士官長接過來，一口四川話，「ㄓ」的音意是「子」，也是「豬」。

王胖呵呵笑，連聲「是是是是，再來一杯！」

「有啥子緊張的？」士官長看了廖青一眼，「當年我上金門，扛砲彈，打砲，還不到你肩膀高咧！」

有酒味，車廂空氣頓時醒新起來。睡著的人，紛紛坐起來，談話、打牌、說女人、臆測金門種種，以及高粱滋味等等。

火車在黑夜裡似乎跑累了，風雨總使人思緒不寧；廖青帶著酒意，回到座位上，怔怔望著窗外，忽然想念起臺北的家人，才離開四十八小時不到，好似已遠隔千里了。他伸手探了探埋在內衣裡，掛在胸前的香包。

火車停止的原因，說是會車；大夥紛紛跑到門口探著，廖青也是，這地方沒有站名，只幾盞燈，零落在無際夜的邊緣。

「就不要開了嘛！」劉仕章說著躍下車門。

「劉——仕章！」瘦羊叫道。

「幹！放尿啦！叫個鳥，你以爲老子會翹頭？」劉仕章邊回頭，一陣風，被他自己的尿液灑潑一身濕。

「沒鳥的才會溜，幹！小人肚度君子心。」攀上車門，一拳硬揍過來。

「我，還，不，是爲爲你……」瘦羊邊退著，「好」字剛出口，還是被捶了一下。「也，也——」牛似地叫起來。

哨音從列車前頭響起，值星官有些氣急敗壞，大夥這才回到車廂。

是固定的會車點，附近的民家，居然提著肉粽來賣，騰騰熱香，很快從這一車溢過那一車。廖青吃不下，還是買了一個。

「阿兵哥，看你們好像要去反攻大陸喔？」肉粽的阿伯說，「我厝第三的也是做兵郎，快退伍囉！」

廖青拿著微溫的肉粽，一時竟答不上話來。

火車繼續向前奔馳，原野的燈，流螢般向後飛逝。

車廂又回復安靜，隱約地微明天光，從雨聲中悄悄掩至；「哦！半屏山。」有人出聲。

碼頭上，軍艦早已敞開大門，艦上的水兵看見陸軍，總忍不住喊叫一番表示歡迎。

終於裝載完畢後，大夥全擠到甲板上。

「不是說有颱風嗎？」王胖很快就和一位體型相近的水兵混熟。

「美喔！」水兵笑道，「颱風早就一頭栽到中央山脈上，化作輕風啦！」

「還下著雨。」總要找個理由，好讓軍艦晚些啓航。

「這點小雨。」水兵笑得十分得意。

忽然，萬壽山緩緩地後退了。

「軍艦開了？開了嗎？」瘦羊眨著眼睛，不相信。

「開了，早開了，老土！」劉仕章儼然艦長口吻。

碼頭上的人、車，也迅速地後退，縮小著，士兵們好似要把臺灣看個夠，所有以前不屑一顧的，現在都值得留戀了，有人揮手，岸上的車聲漸去，樓影慢慢湮沒在微雨裡，只有萬壽山還清晰，有人唱起一首關於萬壽山的歌，節拍不準，卻得到熱烈回響，歌詞模模糊糊，唱不下去了，漸漸地，山影也緩緩淡去，像被什麼巨大的力量，推進海天，又推開，向遙遠，士兵們仍貪婪地張望，終於，萬壽山在浪滔水峰間逸去。

「阿青。」林振發過來，「我還在想那天的舞會，眞像作夢，現在，在海上了。」

「嗯。」廖青輕應，有些嘔的感覺。

那邊劉仕章、王胖走過來，瘦羊跟在後面，三個人一臉邪邪的笑。

「好鮮。」瘦羊指著舷邊的廁所，嗚哈笑了起來。

「噗哧！掉下去，哎喲，我看到一條什麼魚，忽地躍上來，一口咬住那條——那條……哈哈哈。」王胖笑時，全身都抖起來，「我趕緊提褲子就跑，嘿……」

「昨晚B喝多了，尿裡有酒精，我看到魚張著嘴，噓——我的小便全到牠肚子裡，唉呀！我尿完了，看到那條魚醉紅了臉哩！」劉仕章急口令似地。

「哦——啊！」王胖一個踉蹌，蹲下去，大口大口地嘔著。

「話講多了，太飽了吧？海龍王叫你吐出來一些。」瘦羊邊替王胖拿捏著。

「好啦！」值星官過來，「沒事，回艙房去躺著。」

底艙一股烘烘的熱，李金門正在指導士兵們克服暈船的方法。

「在碼頭時，俺就說嘛，你還吃一大盆麵，又喝紹興又不自愛地上船東跑西跑，看嘛看嘛！」

王胖成了他的教材。

等士兵們全都乖乖窩下去，擺平了，士官長自己抓著扶手，輕巧地上了甲板。上面仍有不少人，是別單位的，臂上刺著金線三角，原來是回來休假的金門老鳥，不像連上這一批呱呱叫的菜鳥。

他繞到艦尾，喜歡看隨著螺葉飛起翻落的水花，就這樣望著，心裡有種歸鄉的興奮，或者是混合著痛楚、快樂，說不出的感受，這將是他最後一次金門行，過不久，也許十個月，也許一年，他就要脫卸軍衣。而金門，有他隱藏在心底深處的祕密。他深吸了口氣。

也不知道站了多久，隱約裡，島影出現了。

「起來起來。」士官長叫著陷入暈眩的士兵，「起來——」

有幾個還眞爬不起來。

「到了，到了。」他笑，分明要小詐，士兵們深信不疑，「到了！」相互推搖身邊的夥伴，「到了。」

上了甲板，營上的官長也在舷邊。

「到了嗎?排附。」劉仕章猴似地躍起來，不等士官長回話，「到了，金門。」排附戳了他額頭一下，「小鬼，敢叫我名字。」

大夥哈哈大笑了。

「有這麼快嗎?料羅灣?我們才睡下去幾個小時。」預官排長小葉看著手錶。

士官長不忍心促狹這細細嫩嫩的排長，手一揮，不讓士兵們看到，小葉排長會過意，紅著臉，將錯就錯，「劉仕章你說到了嗎?嘿!」好像他成竹在胸，故意要考劉仕章的。

「到了啊!」指著愈來愈近的島影，「那不會是大海龜吧?」十分聰明似地。

「咦!船怎麼停了。」瘦羊一說，大夥才感覺船速沒了。

幾個水兵走上甲板，劉仕章跑過去問，才發現自己上了當，跑回來，對著其他士兵哄來哄去。

是澎湖群島。甲板上的士兵愈來愈多。

士兵們不敢吃太多，午飯也就草草了事，有人把食物丟到海裡，有人乘機到兩舷去方便，有人還軟趴趴癱在艙底;王胖被扶上甲板，猛吸著海風，顧不得熱燙，一屁股跌坐下去，又被熱出一身汗。

「讓我下海泡泡水吧!」還不忘幽自己一默，「快變成紅燒乳豬啦!」

「不!烤乳豬。」被正了名的王胖，只一味擦著汗。

「我讀過不少寫海、歌頌海的詩，他媽的，那些詩人有幾個人親身接觸過海，像現在，我們——」師專畢業的王健民班長挺了挺胸，「這樣的海，恐怕連鬼都不愛。」

「嗬！」瘦羊要搗他嘴，「童言無忌，海龍王千萬別生氣。」

關於海的，魚的禁忌，在開航前就被傳述著。譬如午餐的魚，就沒有人敢翻來覆去挑揀著吃。

「那不是七美島嗎？看！七美人向我們招手哩！」劉仕章不放過任何起鬨的機會。

「還送飛吻咧！」

「看啊！飛機，他娘的，豔福不淺的小飛機，降落了，降落了，啊！可憐美人平坦的胸部。」把飛機場和美人胸部聯想在一起，一個無聊的笑話，在海上單調的航行中，經瘦羊的生動說唱，居然博得喝采。

「別吵，你們聽，那隻貓——」遠方海上，可不是正有一隻巨肥的貓蹲伏在浪滔間，大夥靜下來，副連長平日也喜歡耍寶，「聽啊！那隻貓低沉的叫聲。」

「啊！聽到沒？」大夥隨著副連長一會兒左舷，一會兒右舷的，都快吊到甲板邊了，還是只聽到浪花擊打軍艦的湧動聲，直到水兵吹哨子干涉，才停止取鬧。

「因爲，現在是秋天，所以，你們聽不到貓叫春的聲音。」副連長指著那酷似貓的小島，煞有介事的。

大夥挖空心思，賣弄可憐的關於澎湖島嶼的見聞，哄笑著，海上的陽光更豔了。

軍艦升起信號旗，繼續向海峽航行。

士兵們不慣於海的搖晃、嘔吐、昏睡，像喝太多的酒，有人乾脆在甲板上的軍車下，偷取蔭涼。

暮色籠罩下，海上的星星，亮得特別地快，像一盞盞清亮的水燈，紛紛懸掛在海天蒼穹，速度或者是風浪的原因，燦爛的星河好似繞著軍艦旋動起來，海上的夜，神祕極了，陸軍士兵似乎被眩惑了。

李金門士官長似乎是唯一的清醒著。

仗劍行

廖青以爲那是星星，那不是星星，是港灣燈火，微明微暗也熠爍著，他站起來，身子一偏，差點撞上扶梯。士官長下到底艙，叫醒每個人，「到了，金門，到了！」

「是太武山。」林振發說，他曾經參加過暑期戰鬥營，上過金門。

「太武山。」

同樣是山，卻是不同的心境。

廖青忍不住慌起來。到了，金門到了。

軍艦和港口完成燈號聯絡，水兵們各就各位，準備搶灘，甲板上的陸軍全部回艙。

感覺一種飛騰的快意，軍艦全速搶灘。天亮了，碼頭上一片熱鬧。

上了岸的士兵，半真半假地表演醉漢的動作，港口憲兵可不含糊，一一登記「違紀」，被登記的人，搞不好要關禁閉，劉仕章差點上了金榜，連呼好險好險。

「別別別——八、三ㄠ都不知——道要怎麼——去就先到禁禁禁閉室，報到！」瘦羊結巴地糗人，眞是別有一番風味。

其他單位都分別車運到各駐地，唯獨步二連留在碼頭附近。吃過晚飯後，大卡車載來幾只木箱子；連長從營部回來後，立即召集幹部開會，士兵被禁制行動。

隔天一早，營長和幾部卡車一齊到，昨晚卸下的裝備又被送上車。

營長對全連約略訓示，大意是步二連無論戰技、體能等等都是英雄連，什麼國慶閱兵的威武連，國軍戰技比賽，冠軍連，莒光連隊……，總之，有一個光榮的任務……。

車子開向中央大道，觀光團似地讓士兵們看島上的木麻黃、相思樹。

「嘿，向八三ㄠ，八三ㄠ——」劉仕章又要起鬨，被連長瞪了一眼。

「怎麼看不到砲陣地？」王胖一臉狐疑。

「和臺灣一樣嘛！」

車過金西，冰果室的小妹朝軍車揮手，立刻掀起一陣熱烈的喊叫、口哨。

「說你們是菜鳥嘛！」士官長搖頭，「人家一看就知道你們是嫩貨、菜鳥。」

車子到了另一個碼頭，連長和聯絡官在討論風浪問題，箱子、行李、裝備全都上了小船。

「報告連長，我們要去突擊大陸啊？」有人這麼問著。

運補船畢竟比軍艦小，一個浪峰接一個浪峰地衝擊過來，昨日的暈眩還未消退，醉意又被加重了。

上岸，已有人在碼頭歡迎，原來，他們等待很久了，他們將要把防務交給步二連。

「我的天——」瘦羊作勢要昏倒的樣子。

「這鳥不生蛋的地方。」王胖吞著口水。

「連個女人也沒有。」劉仕章好似天生色鬼。

卸下裝備，約略就緒後，全連在岩石海岸集合，先由友軍簡介地形、任務，再分組交接任務，師父帶徒弟，等新手進入情況，老兵們就要返回大金門。

「料羅灣在哪裡？」提報的是友軍連連長，「就在那裡——」他提著簡要地形圖和現地對照。

「哦！料羅灣，我們離料羅灣這麼遠。」林振發輕聲說。

「對岸就是××，清晨的時候，可以聽到雞啼狗吠。」友軍連長東南西北的說了一遍，問：「有沒有問題？」

「報告，請問，古寧頭在哪裡？」小葉排長舉手。

古寧頭在哪裡？那裡可以聞到戰爭的氣息，而這個島，小小一方，跑起來要不了幾十分鐘，漲潮時，小得愈是可憐，小得只剩下赭黑、堅硬如鋼，鐵的顏色的礁岩，這兒，比古寧頭、料羅灣更接近戰爭了。

海的腥味很濃，魚的體香很近，就在腳下，在每一個碉堡、崗哨的左右，還有龍蝦哩！比水族館——我是說臺灣的水族館飼養的還大，還肥，還美；一位在島上待了一年多的老兵，熱心地說：「可是，不准釣，牠們是屬於海的。」

「哦！」劉仕章心中似有了打算。

退潮的黃昏時分，岩岸下露出一片呈圓弧狀的沙灘，他們才踏上去，一陣風挾著海水、沙，攏向士兵們，最別致的歡迎，沙子到眼裡，有人揉紅眼睛。

「怎麼啦！開始唱林黛玉啦！」在船上暈吐得不省人事的輔導長，一踏上陸地，就又恢復籃球隊員的活力了。

除了浪花沖擊的聲音，士兵們沉默了。

「連料羅灣都這麼遠，更別說西門町啦！」有人輕聲嘀咕，沒有人附和。又一陣風沙襲來。

「別沒出息了。」士官長似乎生氣了。

「摸摸你們的胸口。」風沙使他不能張大嘴巴罵人，只好一副咬牙切齒模樣，「是不是還熱的？」

「不要忘了我們的姓、名，有沒有鳥啊？男子漢！」

軍官們別過臉，忍不住笑。

「我看排附的名字要改成××，才上岸幾小時，他就愛上這裡。」王健民說。

「也許，對岸有他的表妹在等他咧！」有人說。

外面的陽光還是黃澄澄的灑著大地，坑道裡的光線卻是下弦月亮度，也許是還不能適應。廖青這麼替自己的眼睛找理由。

青山有怨

島上，還來不及感覺秋意，冬天就來了。

夜晚，對於初履戰地的士兵們而言，加添了幾分神祕和一些恐懼，儘管友軍的經驗是「他們忘了這裡」，「他們」指的是對岸。「你是聽不到槍聲、砲聲的。」友軍這麼說；士兵們還是有些緊張，幹部只好多加幾倍的辛苦，徹夜輪班巡行各據點、碉堡、崗堡了。

風聲、浪聲常被誤會，士兵們常沒來由的對著漆黑裡，恍惚的聲音、影子，低唱「誰？」也有替自己壯膽的作用。

第一個被關進禁閉室的就是王胖。

那天凌晨，輔導長和李排附同班查哨，走到第九哨所時，軍犬阿可出來迎接，牠機敏地騰躍過地上的影子，輔導長以爲是石頭什麼的，一腳踩上去，摔了一跤，排副的手電筒一照，地上赫然是裹著軍毯抱槍睡熟的王來義，軍犬阿可嗚嗚叫兩聲，顯然，這不只一次、兩次了。

也不知怎的，排附居然從阿可口中問出，王胖每次輪值時必睡，而且還交代阿可，有人查哨時要叫他，而那天夜裡，王胖睡得太死，阿可叫不醒他。這段情節，王胖的悔過書上，也寫得明明白白，每個環節都和排附從阿可口中問到的不謀而合。天亮時，替王胖站完衛兵的排附把槍交給下一班衛兵，王胖也醒了，自動到連部寫好禁閉單。

王胖的事，成了島上第一則笑話。而夜間值勤，不再那麼令人緊張兮兮了。白天，福利社開始熱鬧起來，叫點高粱或者大麯，也是理所當然的了。連廖青都學會了撞球。

寫信也成爲日課之一，儘管運補船有時要隔十天半月才來一次，林振發依然每日一信，一次投寄十封八封是常有的事。

我第一次感覺自己是個勇敢的軍人；林振發在馬燈下給未婚妻這麼寫著——

第一次感覺星星離我們這麼近。

第一次感覺夜是這麼黝黑、神祕。

第一次在岩洞碉堡，聽漲潮、退潮的浪湧聲，我幾乎流淚。

第一次聽到從對岸傳來的雞啼，我懍然抓緊槍。聽說，他們把狗殺光了，難怪沒有狗吠。

在這裡，人的感覺變得格外敏銳。

林振發總把寫好的情書、收到的情書，也讓廖青欣賞一番，使得廖青也有種戀愛的心情了。

有一天，中山室裡的創作欄，由輔導長推出「情書大展」，林振發和王健民的同列佳作，士兵們起鬨要成立情書補習班，連長竟然笑著答應。

而劉仕章、瘦羊、王胖還是幹著三人行的勾當，迴紋針、大頭釘在他們手上可以變成魚鈎。

連上還養了雞、豬、羊，這三種動物變成三人行的代稱了。

有霧；島上最沒有詩意的就是霧了。

能見度低，又冷又濕，坑道的水氣，總是滴滴答答，每天，最盼望的就是太陽。

只要一線陽光，穿過霧幕，幹值星的排長、班長便要喊喊唱唱——尿床的兄弟們，曬被呵！

冬至彼日，連上特別殺了雞鴨，用從臺灣寄來的中藥四物燉補，夜晚來得快，也冷，一鉢鉢熱香的補物，特別熨心，大夥正吃得津津有味，連部的警鈴突然急促地響了起來，來不及擦嘴，連長、輔導長他們立刻趕到第二崗哨。

衛兵是楊志勇、江紹勝，兩人正緊張地望著海面。

才漲潮不久，潮水正嘩嘩向岸上沖擊著。

「瘦羊，怎麼？」輔導長問。

連長聽完他們的報告，除了把嚇青著臉的江紹勝換回任內衛兵外，特別調整了各哨部署，交代要提高警覺。

回到連部後，連長要江紹勝坐下，先喝一碗大麵，江紹勝臉上才起紅亮，還流著汗。

「瘦羊他去小便，小到一半跑回來，石門水庫都沒關……」話未說完，大家都笑歪了，江紹勝趕緊改口，「他褲子都沒扣好鈕釦，就跟我講，前面有東西在動，我的槍保險都開了，可是，前面什麼也沒有，瘦羊硬說有，我又聽到哨所上面的鳥，劈哩叭啦地飛起來。」

「慢慢講，先喝一碗雞汁。喝！趁熱。」輔導長說。

「後來，就什麼也沒有了。」

「報告連長──」連部行政士說；「會不會是瘦羊開玩笑，他今天殺了一個下午的雞、鴨，沒有第一個吃到『補』心裡一定很不舒服，而且他平常愛開玩笑，也知道江紹勝膽子小。」

「這小子要好好開導。」連長說：「當然，不能排除『可能性』，雖然，上面那個連說他們從沒碰過什麼『狀況』。」

「今晚，風很大，有可能嗎？」輔導長說，「運補船都停開一次了，弟兄們半個多月沒接到家書、情書了。」

「再和營部聯絡吧！」

排附一身濕漉漉地進了坑道。

「老大哥，辛苦！」連長忙讓坐。

「報告連長，經我觀察，不能說——」排附示意其他士兵先回各人碉堡、坑道。

輔導長倒了一碗酒，「喝點，老大哥。」

「不能確定。」排附說，「風浪倒是大，但是——」他沉沉一笑，「當年，俺在成功隊，比這大的浪頭，也上去過啊！」

「可是，最近幾年，他們很少來過。」副連長從外面進來，也加入談話。

「老弟啊！」李士官長不客氣地賣弄自己的老，兩眼炯炯灼亮，馬燈照著他熱紅的臉，「別以爲他們會放過任何一個地方！」

連長點頭。

「當然也不必弄得每根筋都拉警報，沒什麼大不了的。」士官長仰頭，飲盡碗底的酒。

隔天，一大早，連長又來到第二崗哨，詳細勘察瘦羊所指的位置，只發現附近有一株珊瑚。

「喲！瘦羊，可屌了！」連長走後，劉仕章一把抓住瘦羊，連聲，「高啊，高竿啊！」

瘦羊甩下他的手，「王八蛋！」還眞的生氣，又像是裝的。

「別蒜頭蔥苗了，瘦羊，誰不知道你玩的把戲。」

「再說，老子揍你。」瘦羊眞的要揮拳了，被王胖接住，「得了，瘦羊，別惱羞成怒。」

王胖一臉的笑，邪邪的，「這下子可整慘連頭仔了，沒看他一夜沒睡，紅眼球黑眼眶啊！」

「豬、雞你們兩個聽著，我——瘦羊——」吞嚥什麼似地，想把話說得流利些，「我——

這回，可不是鬧著玩的哩！」又結巴了。

「喲，愈唱愈眞了。」劉仕章還是嘻皮涎臉的，「聽說你昨晚雞湯都沒喝一口。」

「少講廢話。」瘦羊轉身要走，被王胖攔住，「甭氣呼呼的，太陽夠軟的，別吸收太多熱氣。」

「連你們都不相信我。」

「好；相信，那你說，在哪裡？」

「鬼知道。」

「是啊！只有鬼知道。」

瘦羊不再理會他們，跳上對空監視哨，向對岸張望著。

那山影，青青鬱鬱的，在海峽那一邊，在灰曖的天色裡，似遠若近，隱約不眞，卻又叫人感傷地明白，那是對岸。他坐在哨位的岩石上待了一個上午，雨或者是霧綿綿下來，多惱人的天氣，他忽然明白李金門排附很少在白天巡視各哨的原因了。

勇士進行曲

營部才傳來：「嚴密監視海面」的戰情無線電碼，各哨的警鈴就相繼響起，報告的內容幾乎一致；離海岸×公里附近，發現大批船隻。

「是魚船和機帆船。」排附從望遠鏡裡看到愈聚愈多的船隻，「是在射程附近。」

「那麼多——」副連長憂心忡忡。

「他們把我們圍住了。」葉排長發抖的聲音從話筒裡傳來。

下午，海上的霧才稍散去，島上弟兄正準備曬棉被，沒想到現在微煙濛濛的日光中，赫然發現一張張隱伏在綠浪白滔間的帆，像一塊塊髒亂的抹布，鬼祟而又肆無忌憚地掠過海面，在島上兵器射程的邊緣繞行。

黃昏時候，連長在觀測所發覺島岸四周海面，圍滿了偽裝的漁船、機帆船，一圈——二圈——三圈，顯然是有計畫的恫喝。

被干擾的電訊，使得無線電士黃正光忙得滿頭大汗。吱吱喳喳，時高時低的訊號中，隱約傳來船團的混聲喧囂，還有尖亢的歌聲；氣不過，本想關掉機子，不甘心，乾脆對著送話器唱起〈高山青〉，還來一段自說自答的相聲，意想不到的是干擾居然停止，他和營部聯絡上了。

黃正光趕緊翻譯密碼；營長命令：所有火力就射擊位置，人員輪流休息，沒有命令，不准射擊。

「我的上帝，沒有命令不准射擊；報告連長，營長未免太……」副連長手撫著腰間的手槍，「聯絡都困難，他老先生還天才的要我們等命令，天才，比上帝還天才。哼！這種營長——」

連長看他一眼，「兄弟，我看，營長有他的著眼，而且，這件事、他們的陰謀……嗯！不是這麼單純。」

「我們並不是怕，但我們要小心，不能意氣用事。」輔導長握著拳頭，「犧牲；當然不是問題。」頓了頓，他凝重地說，「萬一這是圈套，那我們的犧牲就太不值得了。」

「我們能這樣耗下去嗎？」副連長激動地說，「忍耐、等待都不能解決問題，報告連長，昨晚，全連的阿兵哥都沒有闔眼，我們不能這樣下去。」

「兄弟，聽我說。其實，從昨天下午起，我比誰都急，連上的裝備、補給能耗多久，我太清楚了，我們能打嗎？能！每位弟兄都敢這麼說，但是，你看──」連長指著灘岸要圖，「我們的位置在這裡，我們的子彈──」連長用紅蠟筆在地圖膠囊上槓上紅線，「最遠打到那裡，你想，這不是白白浪費彈藥嗎？」

副連長有些恍悟的羞愧，「啊！我沒想到，這些鬼東西，好詐！」

連長宣佈了各階段的作戰構想，最後，他說，「必要的時候，我們只有出擊，連部組準備好舢板、橡皮艇。」

一大早，黃正光送來營長的指示，「堅守陣地」譯電文。

仍是霧濛濛的清晨，那一圈圈鬼魅般的船隻，亮著黃黯的燈，在海上的氤氳中熠爍、游擊著。

「有種就過來吧！沒囊巴的王八蛋生的動物。」瘦羊罵人的語氣是異常流利。

「幹，建議連長，我們游過去，丟他幾個手榴彈。」劉仕章不再偷鈎龍蝦了。

「哇操，老子的肚皮又餓了。」王胖撫著肚子，「讓我痛快吃一頓，游過去拉它三、五條船回來。」

「你怕嗎？阿青。」劉仕章跳上第四哨所。

廖青回頭，臉上竟是一副凶樣，「少囉嗦！」

「唉呀！我佛慈悲，阿彌陀佛！」劉仕章連忙閃開他，「不能惹啊，子彈都上膛啦！」

林振發看王胖他們走遠，舉手向廖青招呼。

「都已經是第二天了，我們連個屁也放不出來。」

林振發驚訝地看著廖青，平日素淨、沉默的他，居然也講髒話；昨天，他還是一副怯懦軟腳蝦的樣子，發現海面上的船隻，連話都講不出來。

「不知道臺北知不知道我們現在的情況。」林振發苦笑，「也許，酒店裡的生意，又比昨天好了不少。」

廖青咬著嘴唇，生氣地問，「你還想西門町不成？」

「當然。」阿發拍他的肩，「廖仔，我不怕打仗，但是，打仗就不能想念什麼嗎？你呢？」

廖青突然眼眶一熱，忙把臉轉向海面。

下午，連長接獲報告，有人對著海上又吼又叫，有人氣得把望遠鏡摔到地上，更令連長震驚的是，李金門排附和王健民同時失去蹤影，第二哨的軍犬阿可也跑掉了。

「他們不會去幹傻事吧?」連長皺著眉。

「這事,先不要告訴其他弟兄。」輔導長建議道。

連長點頭,「總得想個辦法。」他走出觀測所,麕集的船隻在浪滔間窺探著,忽前忽後的躲藏著。

不安、緊張、暴躁的情緒很快地蔓延到每個據點,每條坑道,連葉排長也有些歇斯底里了。

而夜色水墨般嘩然潑灑下來,雲層厚,星光都逸去了,能見度太差,連長命令嚴格燈火管制,黑暗加添了幾分恐怖,海上湧動的浪頭,像千萬個鬼魂一波一波襲打著島的四周。

連長巡視完每個哨所,正要爬上×高地觀測所,驀然,第三排排部附近嘎然的雞叫、撲飛起來,然後,是重重的摔擊聲,好像還有金屬碰撞的聲音,緊接著是粗暴的喝叫聲。

微弱馬燈亮照下,那細細瘦瘦的男子,張著驚惶的眼睛,囁嚅地回答著每一個問題。滿手血跡的李排附和王健明經過簡要的包紮,已經不礙事了,軍犬阿可吐著舌頭喘氣,身上的毛全濕透了。

無線電士黃正光,故意用明語誇張地報告戰果。

第三天,天光初透的時候,島上的制高點,兩隻高音波的大喇叭,突然播放起熱門歌曲,並且不斷地講半葷半素的笑話。

福利社也開了。第一個敲撞球桿的是葉排長,他向副連長挑戰。至於酒,是暫時禁止的，但是有人偷喝。

島上好似恢復了活力，甚至還有點喜氣。

那位新生弟兄，對著海上破舊的帆，說出心聲。

李金門士官長、王健民班長和軍犬阿可，到每一個據點報告他們發現「水鬼」的經過。從前天中午開始，排附就特別注意島上的岬角處；昨午，王健民班長報告，×據點下方的岩石上，發現血跡。

「不會是烏龜自殺吧！」王健民說得得意起來。

就這樣他們找遍島上每個角落。

「最後，居然就在劉仕章偷捕龍蝦的位置，看到模糊背影，我們跟了他一天一夜，預判他可能有同黨一齊來。沒想到，他是被遺棄的，只因爲腳被珊瑚劃傷，潮水已退，他還癡想有人會來救他。」

「嚇，還是劉仕章救了他呢！」排附笑了。

熱門音樂、流行歌曲、笑話繼續從制高點上的大喇叭，嘩嘩播放著，辦什麼天大喜事似地，音波如巨流，暖暖地熨熱士兵們的心，向海上淹過去，滌清原本混濁的惡浪，海，忽然綠得十分溫柔，風波不興，曖昧的霧不知什麼時候消褪了，天空，一如鑽石的耀射，彷彿，一層厚厚的黃金鋪展著，熱鬧起來。

士兵們驚喜，相互傳述。

那一張張灰舊如抹布的帆，被什麼法力驅散了，用逃逸的速度，向對岸鬱鬱的山影，顫危危地跑了。海面，恢復潔淨。

無線電臺收到「幹得好！」的電文。

黃正光回報以〈高山青〉，他抱著機器，哭著，大聲的，一邊播著連長叫他準備傳送出去的電文——他一直翻譯不出，現在，他的淚水浸濕密碼本，電文上的字也被暈染成模糊一片，他翻譯出來了，但是，他不必將它傳送出去；坑道外的陽光太豔，刺眼，他的淚水止不住，嘩嘩流了滿面，他念著那幾個字，結結巴巴地——

「與島共存亡」，昨晚，連長親自送來的，臨走前，連長交給他兩顆手榴彈，握住他的手，他驚愕地聽著連長平靜、疲乏的聲音，「知道發送的時機嗎？」他點頭。「也許不用發送，過幾分鐘——」

黃正光哭著，把未發送出去的電文貼在心跳的位置。

各據點、坑道的士兵們喊著：「尿床的兄弟，曬被呵！」

士兵們發現棉被重了許多，有些霉味，有人形容這是「冷凍豆腐」。

林振發悄悄地爬上據點後方的小高地，蹲下，小心劃燃火柴，和許多夥伴一樣，偷偷把備好的遺書燒了，他的臉被火光映紅了，不知是否睡眠不足，抑或遺書中那一段要未婚妻另適他人的字句太悽慘，他的胸口竟隱隱作痛。

觀測所作業人員全都忙著曬被子去了，李金門士官長放下望遠鏡，那些船影全都消失在茫茫水色裡，他攀上全島最高的位置；哨兵向他敬禮。

覺得眼睛有些酸疼，他仍用力瞻望島的全貌，這小小一方，粗陋的岩石島嶼，像一頂鋼盔，赭黑如鐵的顏色，穩穩地蹲立在岸與岸之間。他吸口氣，感受冬日的風寒，該回坑道喝碗高粱的；下坡時，他被一株野荊絆倒，整個人摔在佈滿粗糲沙礫、岩石的地上，膝蓋、手肘似乎流血了，他忽然不想爬起來，感覺自己的身體，竟和這個島的岩石層膠黏在一起了。

春訊

春天在哪裡

春天，不只是溫柔，
溫柔地自撕裂的枝幹裡湧出來的。
春天，不只是曼妙，
一種雄壯的仰起仰落之姿。
兵士們發酸的體味，是某種芳潤的氣息。
自他們肢體骨節發出的聲響，是湧動的喊叫。
春天，不只是香水的，也是硝煙的，
春天，不只是女子的，也是漢子們的。

等待戰爭如同等待一個女人，這沒道理，
漢子們期待一場轟轟烈烈的揮灑，像春天的彩筆一樣。

信息

那晚，葉明正要鎖上大門。

夜，在眷村裡，那麼靜謐，水銀路燈暖暖的鋪灑下來一層薄薄的雪色，彷彿夜便是這樣被醞釀起來。

白天，孩子們嘶嘶喊喊，逐著每一條巷弄打打鬧鬧，像一群調皮的小士兵們，逗弄他們的媽媽，少不了氣笑不得的一日數回叱喝，老子是軍人，兒女總也有那股壓抑不下的活潑。

葉明揉了揉腰，壓壓腿，在院子裡打了一趟莒拳基本動作，舒展舒展筋骨；昨晚深夜休假回來，今天被村子裡的孩子纏住不放，又打藍球，又賽馬拉松，坐了數十小時的船，全身疲倦還沒恢復過來，被這麼一纏，累得臂膀又痠又痛，明天得好好休息才行。

他返身闔上大門，上了小鎖扣。

門外匆匆傳來摩托車聲，喀喀喀喀！剎住，竟停在門口，他開了門，信差正要按門鈴。

「是葉明先生的！」

他接過來；電報！

他走進臥室。

康莉在蚊帳裡，正在餵曉凱牛奶。

「誰啊？」她輕聲問。

他揚了揚手上的電報，朝她一笑。

她看看他，平靜的微笑。

他換上軍衣，肅然的在妝鏡前刮理臉上的鬍髭。

她餵好曉凱，躺在曉凱身側，輕輕拍著曉凱的背。

「我要走了。」他坐在床沿，掀起蚊帳，在曉凱臉上香了香。

她一手拍曉凱，一手伸向他，重重一握。

「不躺會兒再走嗎？」

他接住她的手，掌貼掌，傾身向她，把臉埋入她雲樣柔髮，用力吸嗅著。

「今晚，有一班船，我必須趕上。」

「嗯！」

她要起身，他按住她：「外面冷！晚安吧！」

他回身，取了軍帽，對著鏡子戴正，向她舉手敬禮：「再見！」

她還是起來了，送他出了大門。

葉明轉身，忍不住懊惱，甚至有些生氣，每回休假最殺風景的便是部隊來的什麼鬼電報。唉！他嘆口氣，鼻翼間仍有著康莉的髮香。

匆匆登艦，同船的還有不少友軍官長，都是接到電報要趕回部隊的，大家在猜測著可能發生的狀況，比如移防啦，演習啦。

軍艦，加速向目的地，更引起了紛紛議論，有人推測——反攻大陸啦！這下子全艦的乘員都興奮得睡不著了。

下船，葉明失望了，碼頭上依然那麼平靜，依然吹著刺刺鹹鹹的海風；回連途中，他不斷注視友軍單位的活動，看不出一點異常，馬路上穿梭的人車，那麼安詳，店家的女店員們，依然那樣可掬，他生氣的閉緊眼睛，任由吉普奔馳。

回到駐點，桌上擺著一份公事——並不是演習計畫，他大略翻了翻，只不過是例行的軍官團活動，戰術沙盤推演而已。這也夠得上緊急召回？

營長打電話過來，他沒好氣的接了。

「老弟，回來了？」

——廢話！沒有回來，怎能回答話。

「是的！」

「真抱歉啊！剛到家，又把你找了回來。」

——回來都回來了，還說風涼話，也不怕感冒！

心裡這麼嘀咕，嘴裡還是恭順的回答：「哪裡！」

「弟妹好吧？小娃兒呢？」

「報告營長，很好！」

「那就好！」

「報告營長，有任務？」

「嘿，沒什麼啊！明天上午八時正，沙盤推演嘛！」

語氣輕鬆得叫人想甩掉話筒。

瘋了？他咒了聲。

「哦。」葉明有氣無力的回應。

「好吧！休息吧，坐船，挺累人的。」

「是的，謝謝營長。再見！」

他披上大衣，走出碉堡。

今夜，風浪要較以往猛急些，他深吸了口氣。

走到第一排排部，一股大麴香醇夾在風裡，很濃的，又是王排附在喝酒，他每天總要飲幾杯，然後唱唱哼哼，這個士官長平時幹事的精神，叫人沒話講，就是這點毛病，葉明身爲連長，也不好太約束他。

他走進碉堡。

已經有弟兄就寢。王士官長看他進來，起立向他敬了禮。

「連長回來啦！」

「嗯！喝酒啊，你們排長呢？」

士官長囁嚅的：「排長查哨去了。」

他的臉因酒而赭紅，在燈色裡，泛著一層昂揚的亮光，葉明看看他，轉身走出，他跟在左後方，要送葉明走離哨線。

「排附，你回去吧！」

「沒事嘛，陪連長走走。」

「那——我們坐坐好了。」

葉明指指不遠處的土丘，兩人坐下來，沉默了一會兒，還是葉明先開口。

「對了，上回不是聽說你的朋友介紹了一位——」身爲連長的葉明，對這位老兵除了敬佩，總想多給予他一些關懷。

「噫——沒這事兒。」士官長一口打斷他的話：「豈有此理嘛！」

士官長居然還會害臊，葉明笑了笑。

「說眞的，排附，你明年就退伍了，有個家，總是比較落實。」

士官長沉默下來，只是張望著海上。海上，浪聲訇訇，夜空中偶爾激起微明水花，海水粼光總叫人以爲千盞萬盞的小燈在波潮間乍明乍暗那樣眨動，那邊，遠遠的沙岸，隱隱昏黃的燈，若隱若現叫人覺得天地灰暗無盡；士官長輕輕嘆了口氣，我怎麼可能再成家？像是自言自語，他站起來，面向葉明，葉明聽到他濁重的呼吸聲，他胸脯堅挺著。

「回去吧！好好休息。」葉明也站起來。

士官長向葉明敬了禮，忽然搶身向前，握住葉明的手：「報告連長！」他沉著聲音：「聽說，聽說，我們不久就要反攻大陸了。」

葉明心裡一震：「眞的？嗯——」

夜的微明裡，士官長微凹的雙眼晶亮。

「那——你當然可以不用再成家了。」

「就是嘛！」

士官長孩子般的笑了。

●

沙盤推演居然如荼如火的進行著，指揮官嘹亮的嗓音，讓這一群連長以上的軍官們，把預先藏在軀體內的睡意趕跑了。以前軍官團活動項目之一的沙盤推演，都只是以「談笑用兵」的態度，你爭我辯的，嘻嘻哈哈，叫人一把沙一把沙的玩著，想睡的就小盹一下也無傷大雅，今天，誰也沒想到指揮官親自到場督課。

「像眞的一樣。」杜臺生嘀咕著。

兩位老同學湊在一起，本想好好臭蓋一番，杜臺生最近結識了一位政大新聞系的女生，正在「攻擊準備」階段，需要葉明的經驗傳授。

指揮官刀刃一樣的眼光投向他們，葉明忙扯扯杜臺生的手，杜臺生猛地把腰桿挺直。

指揮官親自說明一般及特別狀況，並賦予每位軍官們不同的任務，讓他們在沙盤上的假設狀況中，運用火力、兵力。

葉明觀察著沙盤上的模擬地形，頓了頓，他說：「如果，阿杜，以一個營的兵力配置來說，張村正面的地形，是一個主攻的良好位置，但是，假若以一個大部隊而言，張村正面若配置主攻部隊，非但不能展開，而且，有被伏擊的可能，那麼，你看，目標區的部隊乘機反撲，變防禦爲攻擊，我們——」

杜臺生點點頭，掌朝葉明肩上拍下：「要得，小葉，服了你了！不愧是正規班第一名畢業的！」

「不敢！」

「唉——也難怪你……」

後半句沒有下文，葉明知道老同學又要不正經了。

「也難怪你官校畢業，就攻占陣地，築巢成家，現在又培養了『預備隊』——我那乾兒子，還好吧？」

葉明禁不住笑了起來。

「皮得很，經你上次休假回臺灣，那麼一調教，果然不同凡響，連我這當老子的都拿他沒辦法。」

「哎哎，罪過！罪過！嫂子要罵我了。」

「說眞的，阿杜，你啊！老把主攻誤以爲助攻，目標區也沒有選定好，所以嘛！老是半途而廢，十次戀愛十次失敗。」

「這你就不懂了，革命軍人革命精神嘛！」杜臺生嘻著臉。

「喝！要是這回不幸敗北，我就宣佈——」杜臺生捏了捏鼻子。

「宣佈下野？」

「才不是，宣佈一套新的攻擊計畫，欸，小葉，老狼的女兒，成大的，菲司亂正的，上次中秋節跟著婦聯會勞軍團來過一次，不是蓋的，我還跟她握手。」

「哎哎，又見異思遷了，跟她握手，敢情又是在人家手心上寫下什麼同盟約定了？」葉明笑著：「你應該改個姓，換個名，叫現代唐伯虎好了！」

杜臺生朗聲大笑：「知我者，莫若小葉你了。」

「哈哈哈哈……」

葉明看了看錶：「快上課了，進去吧！」

兩人進了沙盤教室，坐下來。

「欸，小葉。」杜臺生正色的：「剛剛那個狀況，你沒有覺得老狼處置得怪怪的，就地形而言，主攻方向應該從張村正面，直撲目標側面才是，可是，他硬把主攻、助攻方向搞反了。」

奇怪的是，同一個狀況，總要經過數度推演，雖然各有各的戰術觀點，各有各的兵力、火力計畫，但指揮官總能力排眾議，下定決心。平素溫和可親的指揮官，板起臉孔，逐項說明處置後的細節，雖不致聲嚴色厲，卻也斬釘截鐵，無妥協餘地，令年輕軍官們再不敢和平常一樣，敢與指揮官辯論用兵之道。杜臺生覺得指揮官一反常態，便在背後替指揮官取了個外號「老狼」。

只不過軍官團活動項目中的沙盤推演，指揮官認眞的態度叫人心裡像得到什麼訊息似的，覺得熱熱的，而軍官團活動接連進行了幾天，這就叫人不敢苟同是什麼軍官團活動了，明明是演習前的指揮所演習。

這似乎不是什麼單純的演習，葉明如此認爲也如此期盼著。

「好火！」杜臺生吸著軍用長壽菸：「連寫信時間都沒有了。」

「稍安勿躁，搞不好，推演後老狼放你一個禮拜的特別假，外加來回機票，這不是提供你直接攻擊的有利機會嗎？」葉明拍拍杜臺生的肩胛。

「假如你拿帶兵的精神來談戀愛的話，阿杜，別說政大、成大，我看連劍橋的女生都會被你一舉攻克。」

「別抬舉我，兄弟。」

「這是實話耶，我聽師部參謀講，今年的莒光連隊又非你連莫屬了，沒話講，什麼競賽都拿第一。」

「哎哎！同學，怎麼怎麼……」

杜臺生做了個「酸透了」的表情。

「嘿！我可沒有其他意思。」

「你想想嘛！全師就我們兩個同學，你什麼都比我行，總要讓幾樣第一給我嘛！要不然，戀愛老是失敗不講，帶兵又不爭口氣，我不被閻王記大過？萬一當了烈士，被判永世不得超生，那還得了？是吧？」

「噓！老狼來了。」

指揮官含笑進入沙盤教室，軍官們立刻靜肅下來。

他的嗓音仍然清亮且帶有磁性的微微沙啞，聽說，也是傳說，他在臺北參加某個重要會議之後，立即匆匆趕回，立即下達緊急召回所有休假人員的命令。

這傳說所帶來的神祕氣氛，悸動了所有參加沙盤推演的軍官們。

「嗯哼！各位幹部——」指揮官持著他的商標——一節黑亮的指揮棒，用指揮棒的金頭，指著沙盤上的地形。

「剛剛的討論很精采，這麼說來，嘿嘿——」笑了笑，掃視全場：「各位必勝無疑嘍！可以克服任何地形嘍。」

他講了一個山地作戰的故事，軍官們恍然大悟，原來微微佝背的指揮官，被杜臺生、葉明叫老狼的上校，曾經在某次艱苦的突擊戰役裡，爲了捕捉逃竄的匪軍，指揮官從高達數丈的山丘，不顧一切的躍下，因而背脊受到嚴重的傷害。

「要得！」杜臺生輕輕鼓掌。

「各位！」指揮官用力挺了挺身子：「好了；各位當知道兵棋沙盤推演跟實戰有顯著的不同，幾天來，各位絞盡腦汁，終於『攻占』了目標，嘿嘿！」嘿嘿的笑了，好像他是一世奸雄，令軍官們都上當似的那樣得意。

「在沙盤上，一目了然，到現地去，可不是這麼輕鬆愉快。」竟像老師告誡小學生的語氣：「我告訴你們，耳聽四面，眼看八方，不夠，還要隨時準備折腿閃腰欸。」好像他折過幾次腿，閃過幾次腰，經驗老到。

有人不自覺的低頭瞟了瞟自己的腿部，有人用手摸了摸腰背。

「不是我說，到時候，你們就知道，這個山地作戰，好是處處風光明媚，壞是容易神智不清，入了山，又是一片青翠，嘿嘿！可眞不好玩哩！看來看去，都是又熟悉又陌生，看山是山又不是山，看水不是水又是水，搞得天南與地北亂糟糟像鑽進漩渦裡，信不信，各位？」

這麼一說，山地作戰既驚險刺激又富有禪味的。葉明覺得長埋在心裡的某種情愫復活了。

「好了，以上都是廢話，你們也不要怕，經驗也是從沒有經驗起頭的，凡事豫則立，不豫則廢——」

「聽多了。」杜臺生捏了捏葉明的手，低聲學著指揮官的寧波口音「凡事豫則立，不豫則廢」，這句話似乎是指揮官可以不經思考信手可掬的，跟他手上的指揮棒一樣，申請過專利似的。

「對不對？」

所謂軍官團活動，總算落了幕，往後數日裡，也並沒有什麼異動，除了指揮官陪同高級長官視察各部隊以外，日子平靜得叫葉明有幾分不甘心，打了電話找杜臺生，大發牢騷。阿杜也是可憐兮兮的，本以爲沙盤推演結束後，可以回臺北會會那個念新聞的女生，沒想到，指揮官在他假簿上批了個「緩議」。

「媽個巴子，你說嘛，火不火？」話筒裡傳來杜臺生的吼叫。

「哎哎，塞翁失『馬』，焉知非福？也許，指揮官有意替你製造另一次機會，快過年了，指揮官夫人和小姐勢必又要到前線勞軍，屆時，我替你擬定一套攻擊計畫，嘿！阿杜，失彼『馬』得此『馬』，不也是天意？」

「天意？哇操，小葉，果眞是天意，讓我杜某人一輩子守『寡』。」

「別傷心，阿杜，明天，我請你吃海鮮去。」

「好吧！」做作出來，欲推還就，似委曲，實又歡喜：「媽的，好久沒有好好幹一杯了。」

牢騷是牢騷，最後還是哈哈兩聲，再大的天怒人怨也化消了。

「酒，對不起，我不喝也不請，要嘛自己帶，就這麼說定，明晚七點阿美海鮮店見！」

葉明帕的放下話筒，牢騷沒發成，心裡卻也舒服了許多。

桌上擺了一封信，康莉寫來的。

他亮了燈，打開信封。

阿明：

有什麼要事嗎？

你走後，下了一場雨，忘了給你雨衣，也不知你淋著了沒？雨停後，我一點睡意都沒有，你又要怪我了，但我向你保證，你的妻子已經不再是一個容易爲她的軍人丈夫在夜半離家，而失眠的小女子了。（你這麼說過我，不是嗎？）

我是被一種聲音感動著，雞鳴的聲音。

好久沒有聽到雞鳴了。

雨停，村子後的農家，響起清亮的雞啼聲，那種拔地而沖雲霄，那種在凌晨高亢的氣概，我想到你們軍中的號音，想到你及你的弟兄們，我再也沒有睡意了，小心下床卻仍差點弄醒了曉凱。

我走到院子，你一定很驚奇，我竟然敢單獨面對黎明前的黑夜，居然沒有一絲懼怕，我只有一個意念，就是挺起胸膛，爲你堅守住這個家，爲你做我該做的。

天光初露，我格外清醒，你知道我在思考一個問題嗎？這個問題對於你也許早已不是問題了——你已經決定了，不是嗎？我承認我也有一顆私心，一顆爲人妻的私心，但此刻我爲你驕傲，你那麼勇敢地要把自己奉獻給國家，這是一個無比崇高的理想，我有什麼理由不高興你事先不徵求我的同意？我忽然覺得我們全家三人更緊密的融合成一體了。

你的奉獻，不也是我們母子的奉獻嗎？雖然曉凱還小，但我相信他也同你一樣，有著適合穿軍衣的身軀。

阿明，好久沒有聽到雞鳴，我竟如此被感動著，你會笑我嗎？

不管你有什麼事，安心去做吧！

莉

葉明緩緩折回信紙，燈色裡，忽覺眼前一片水濛混，手一抬，竟是幾滴淚水，顫顫的在手腕上滾動。

他俯身，用唇去吸吮，吸吮他自己的淚滴。

然後，他笑了，笑自己傻到極點。

也不知怎麼，有了曉凱後，感情竟豐富而易於氾濫，用眼淚溢出。

他不曾悲傷過，悲傷並不是流淚的理由。

他是因喜樂而流淚。

曉凱出世時，他正在演習。

演習結束，他收到電報，匆匆趕回，他抱起嬰兒，讓小生命躺臥在他猶是滿滿汗水的草綠軍衣懷抱裡，他掉淚了，他笑了，那時，他便認爲自己有流淚的理由。

葉明再次把信攤開，又仔細讀了一遍。

他滿意極了。

甚至於他認爲明天可以好好跟杜臺生乾杯，平日，他是滴酒不沾的。

他開了小窗，讓夾著海水的香鹹的夜風，吹進來。

已經是第三班夜衛兵交班的時刻，葉明躺到床上，讓夜的黑甜圍抱住自己。

他夢著。

醒時，竟是被淚濕醒的，他知道自己充滿了豐富的愛，對一切事物，對康莉信上所說的——崇高的理想，他不能自已，他起身，巡視碉堡裡每一張熟睡的臉，他們鼾聲均勻，他替幾位貪涼的弟兄拉上棉被。

他走出碉堡。

遠遠的，衛兵就喊著：「連長好！」是最後一班夜衛兵。

他握握衛兵的手臂，接過衛兵的槍，子彈已經上膛了，保險也成待發狀態，他把槍還給衛兵。

海風刺刺的。

衛兵陪著他巡視警戒區域，他走在沙岸上，腳底下潮潮的。

「冷嗎？」他問。

「不冷！」

「怕不怕？」

「不怕！」

衛兵挺著胸脯，烈烈的回答。

葉明望著海面，海空上飄著雲，灰灰的，微亮的雲，他深吸口氣。

「我們打過去好嗎？」他問。

「報告！好！」

海上仍激湧著水浪，他盡力把視線放寬、放遠，他努力張望著。他想到士官長面對海的神色，那是一種情怯，一種近鄉情怯，也是一種火烈的對望。

他拱起手，放在嘴邊，他想要鳴號，他想，那邊的灰冥該可以用一聲號角推開，推開灰冥，推開蒼茫。

快要黎明了，他又想著康莉及曉凱。她是否又在傾聽雞鳴？多麼可愛的小女子。

海風拂動莽莽的雲，莽莽的憂鬱的西岸。

逐漸的，海面泛起晨曦前的薄薄金亮。

葉明覺得自己被某種熱度沸動著，他把腳步踩得深重些。

他有一種躍身入海的衝動，海上，浪潮湧動，晨曦像把海燃著了，燃起了烘烘火朵。他緊緊握著拳，他把眼睛睜大，凝視海面。

他蓄意把腳步再踏得深重些，一步一步的走離哨線。

海面映起的晨光，圍繞著他，他有種被煮沸的快意，一種軍人臨戰前的激動，他想匍匐下去，這裡，如此美麗的早晨，對岸，似遠似近，隱約某種不安的騷動；衛兵看著他。

「我們終將打過去的。」葉明上尉立正著，對他的兵士，這麼肯定的說。

「是的！」衛兵善解人意的向他行端槍敬禮。

他快步走回駐點，他要把那份被燃燒，那份奉獻的欲望，寫在信紙上，寄回去給康莉，康莉必然能夠了解他的。

「煩喔！」杜臺生一見面就鬼吼著。

「又有誰對不起你了？」葉明把手上的黃油用勁擦在布上。

「你說嘛！我們又不是小兵，叫我們玩新槍。」杜臺生把槍放下，揉著肩膀：「煩死人了，快把老子的肩搞垮了，眞是哎！」

「阿杜，你再叫，待會兒老狼過來了，不狠咬你一口才怪。」

「無聊嘛！我們的槍才換不久，又要換了。」

「我覺得這種槍，很好，命中率又高，你嫌什麼？」

的。」

「我嫌它太瘦了。」杜臺生又不正經了：「抓在手上，媽的，像抓一根排骨，之沒快感的。」

「輕便還不好啊？」

「好是好，我總覺得老狼最近變了，又搞沙盤，又搞這拈那的，部隊更換新槍，小題大做的要我們這貴爲連長的親自來試射，歸零，太不像話了嘛！」

「別儘是牢騷，下午海鮮穩請你就是了嘛！」

杜臺生舉起槍，對著目標，又乒乒的射了幾槍。

「噫！牢騷歸牢騷，你小子還是有兩把刷子，都命中紅心欸！」葉明不由得讚嘆著。

「哎！又不打仗，打得準有什麼用？」

「你怎麼知道不打仗？」葉明壓低聲音。

「眞的啊！」杜臺生興奮的湊過身子：「你知道？」

葉明笑一笑：「槍知道，膛線知道。」

「也許眞的喔，要不然，奇怪，老狼不也一向散散的，老好人一個，怎麼最近一反常態。」杜臺生說得神祕兮兮的。

「別瞎猜，誰都不知道。」

「希望是眞的，要不然再新的槍也要變鏽槍。」

「噓！」

指揮官陪著一位陌生的年輕將軍，巡視靶場上每一靶位，走進葉明、杜臺生身邊。

「這槍，準吧？」將軍問。

「準！」葉明說。

指揮官拿起杜臺生射過的縮小靶紙，點點頭：「好！」

「當然好啊！這槍的膛線是經過特別設計改良的。」年輕的將軍說：「這膛線，騮馬似的，命中率高不講，射程又遠，呱呱叫的。」

葉明和杜臺生相視而笑。

將軍和指揮官又到別的靶位上去巡視。

「聽說，那位少將是兵工專家。」

下午班的船一靠岸，指揮官通令由連長親自帶班去碼頭領回新槍。

彈藥早在數日前就運來了。

好像全世界都忙亂了，槍一領回，就即刻擦拭，即刻由連長親自教授操作要領，指揮官嚴令，所有部隊在日落前完成歸零。

兵士們驚訝極了，這槍怎那麼簡單、輕便又準？

葉明有著當新郎那天的迷亂、興奮和快樂，他忘了和杜臺生的約會，想起時，已快晚點名了。

正想打電話過去給杜臺生，杜臺生卻打來了。

葉明接過話筒，吸了口氣，準備挨罵，沒想到，杜臺生卻開口先說抱歉。

「小葉，別生氣，我忙壞了，無法準時到阿美那兒去，你一定等急了。」

「還說呢！我幾乎把阿美店裡的海鮮都買下來了。哪知道你小子食言而肥！」葉明裝作不悅。

「食言而肥，還差不多，我到現在還沒吃飯呢！」

「好了好了，下次不請了。」

「換我好了。一言爲定。」

「好！一言爲定！別再黃牛。」

葉明忍俊不住笑了起來，話筒那邊的杜臺生頓了頓才恍然大悟。

「好啊！小葉，你還誑我！嘿嘿！你小子根本沒有去，全世界都忙翻了，你不可能還有到海鮮店的雅興，不算，不算，這次不算。」

葉明正想繼續跟他胡扯下去，第一排哨戰鬥傳令緊張推門進來，只好匆匆掛上電話，言明禮拜天兩人小美見，誰遲到誰付錢。

「報告連長——有狀況。」

「什麼？」

「海上——」

他疾疾奔出。

海面上，有灰白的影子在浪峰間，顚簸著。

他命令全連完成警戒，並即向營部報告。

是一艘破舊的小舢板。

大家鬆了口氣。

王士官長領著幾位諳水性的弟兄，到淺海裡接該舢板上的難胞。

他們來自對岸。

指揮官親自來接他們，且帶來大批的衣物、食品。

他們聽完指揮官的講話，臉上的笑容，在夜初的黑黝裡亮起來，大家鼓掌歡迎他們，他們走向燈色明亮的接待所，換上衣服，在餐桌上並不很斯文的享用遲來的晚餐。

「我們並不是迷失海上的漁民。」自稱叫王得光的難胞打著飽嗝。

曾經，葉明也接應過從對岸來的漁民難胞，他們以一張破網，在老共的壓榨下，向大海營生，大海又能讓他們回去後，不致因繳不起魚貨而挨打、挨飢、挨鬥，有時在海上迷失方向，但他們曉得把舵朝向這個島，在島堤泊下破舊的漁船領受一份滿滿豐盈的關懷後，不得不駕舟離去，他們離不開的父母、妻兒，他們要盡一份微薄的為人子、為人夫，為人父的責任，他們不願父母妻兒因自己投奔自由而慘遭不人道的鬥爭。葉明及杜臺生談論過這些事情，杜臺生甚至認為他們勇氣不夠，沒有壯士氣概，葉明則抱以同情，他們不過是生活在海上的漁民，他們和中國一樣承受著苦難；自由，離他們太遠，太不可想像，他們不知道那是崇高而值得犧牲一切的。

然而王得光一家人提出有力的說明。

王得光和不少漁民一樣，也有過泊在島岸的機會，他曾考慮過把小舢板送到海裡，讓它自己飄向無知的地方，他則留在島上，接受安排，奔向那個大陸同胞人人爭頌，人人嚮往的幸福臺灣。

「但是——」王得光說：「我還是回去了，回去，雖然被調查、鬥爭，但我把親眼看到的一切，偷偷告訴值得我信賴的親人——」他看看圍坐在一起，一齊乘著舢板來的夥伴。

「要走，大家一齊走，不走，大家一齊幹，幹，幹倒共產黨！」他斬釘截鐵的，聲音嘶啞了。

「各位長官，爲了證明我們投奔自由、同舟一命的決心，請看！」

王得光拿起一件破爛的衣服，用力一撕，在背後的裡襯裡掏出一塊布。

他枯瘦的手，因而顫抖了。

他小心的展開那塊布，在場的軍官、士兵們一齊望向那塊布。

血染的布，完全展露了。

竟是一面旗，一面畫得並不很規矩的國旗。

指揮官接過它。

「這是一面用我們一行二十一個人的血染成的國旗，眞正的我們的國旗。」

王得光眼裡含著淚。

「今天，在那邊的人們，沒有不希望國軍打回去的，我有幾個朋友，我們在一起的時候，都在猜測什麼時候國軍反攻大陸。」

一位二十歲左右的難胞，站起來，挺著身子，面向指揮官，一種希望得到答案的表情。

指揮官點點頭，笑著站起來。

「謝謝你們帶來可貴的訊息，放心，你的朋友很快就會跟你再見的。」

一位五十多歲的難胞，很激動的站起來，他高舉著雙手。

「各位，現在我們可以大膽的舉手向祖國同胞打招呼了。」

頓了頓，他繼續說：「以前，我們在海上遇見祖國的漁船，總是不敢公然向他們打招呼，我們背對著船上監視的匪幹，把手藏在胸前。像這樣！」

他的掌立在胸前，擺動著，並以身體擋住手掌的動作。

「我們感到好難過，好難過，現在，可以了，我們自由了，我們的手也自由了。」

他高舉起雙手，像要舉起什麼那樣，認眞的擺動著。

飯後，指揮官還招待他們喝茶及咖啡。

剛才那個問指揮官的青年，突然咳了起來，用力的，漲紅著臉。

葉明慌忙過去，拍他的背。

好不容易，他才舒了口氣。

「謝謝您，長官，太久沒吃到糖，放了太多，我嗆到了。」

春訊

這一定是個夢。

但這不是夢

直到鈴聲響起，擋門上方的小紅燈亮起，夜空吹進來冷冽的風，葉明才猛地驚醒——這不是夢，他以爲這是個夢，但確實不是夢。

他領先第一個躍下。

夜空，淺藍的。

像一顆流星，他急速的落下。

咱！傘開了。

他仰望穹蒼，雲朵悠悠，雲裡，雲外，一朵朵傘，像燦開的花，怒張著花瓣。

在夜色的隱蔽下，他們著陸了。

葉明用力的咬了咬嘴唇，準備著陸，他更加確定，不是夢。

他落地，漂亮的滾翻。

跟在後面的就是士官長，落點竟在他身後，他快樂的跑過去，幫助士官長解傘。

他們一組一組的集結，向預定的目標區運動。

夜色很好，給他們最佳的僞裝。

沙沙沙沙……

他們的腳步，在地上輕輕滑過。

士官長搶在前頭，部隊跟著他，向前挺進。

前方，是深黑的，他們的腳步滑過去，向最深黑的地方穿越，奔行，夜色下的大地沉靜的接納他們，一群興奮勇敢而沉著的漢子們。

他們負責傳遞一個高貴的訊息。

演習名稱——春訊。

他們將要驅走嚴冬帶來的灰暗。

上機時，下了一場雨。

葉明想到離家那晚，也是夜半下雨。

雨水洗淨了大地。

葉明上尉以及他的弟兄們，還有友連連長的杜臺生上尉，以及無數的年輕士兵們，心裡鐫著「春訊」兩字，他們都有一種準備，準備將自己像一顆種籽，種入這苦難的大地，以血滋養，像春天的花一樣，芬芳這塊土地。

此刻，在深黑的夜裡，他們的步伐快速的運動著，沒有抵抗，他們來到預定的目標區。

迷彩軍衣，被夜色融合了。

短暫的休息，指揮官不知道從什麼地方來的，突然出現。

指揮官說：

——我們即將從事一次艱苦的演習。

有人說：這兒是什麼地方？

「安心吧，各位，這兒是我們的土地。」

葉明坐在草地上，手上把玩著泥沙，泥沙盈盈在指間滑落，竟是那般溫柔啊！

他看到沉默著的士官長。

指揮官宣佈了次項行動方案。葉明心裡一震，竟是在島上軍官團活動沙盤推演中的地形。

他們將要實施攻擊演習，而所配派的職務，和推演時的職務一樣。

杜臺生一定要後悔，後悔在沙盤推演時發的牢騷。

這是一次全面的演習，參與的人員分兩路登陸，一是空中，一是海上，葉明不知道杜臺生是不是也上了飛機，亦或上了船。

昨晚，在阿美海鮮店，他和杜臺生吃著喝著。杜臺生還在大嘆——鎗鏽死了。

他也微啜了一小杯大麴，酒精騰騰的燒烈著他的軀身，先是杜臺生連上的傳令，沒命的拖走杜臺生。

——所有人員即刻歸建，待命。

他連奔帶跑，回到駐點，命令已經到了。

按照計畫完成準備，夜半，全連輸運機場。

誰也弄不清是怎麼回事。

酒意在軀身裡活躍，他眞的以爲是夢。

但確實這不是夢，他又抓起一把泥沙，讓沙粒溫柔的在掌心裡滑動。雖然，他不知道這兒究竟是什麼地方，但他聞到了一種氣息，存在弟兄們軀體內，醞釀許久，存在於新領到的槍管裡，即將猛烈爆出的戰爭的氣息。

他們搭起營帳，安詳的睡了，作著全新的夢。

拂曉。

軍官們被一一叫醒，指揮官在等著了。

「狼」的迷彩衣濕了一片，他眞是聲嘶力竭，金頭的黑亮指揮棒，指著臨時拼湊製成的沙盤。

杜臺生有一種好笑的感覺。他站在指揮官的背後，從指揮官的背後空隙看望沙盤，不注意的看到指揮官背後汗涔涔的濕了一大片。他覺得「狼」像一個貪玩的小孩，從沙盤那端快步走到這端，這麼來回的指著，口沫濺飛，他想到「狼狽爲奸」這句成語，看到指揮官背後濕了；指揮官是一隻狼。

「狼背」濕了，他忍不住要笑了。

他也不知道爲什麼有笑的欲望。

葉明那小子聚精會神的聆聽著指揮官的計畫內容，挺正經的提出意見具申。

他倒不是無所謂，他已經把部隊行動的腹案打好了，而他只是想笑，純粹是笑的意念。

他緊緊抿住自己快成笑弧的唇，還是笑了，笑出聲了。指揮官奇怪的看他，他吸了口氣，轉過身，摀住自己的嘴，指揮官卻笑了。

「有什麼好笑的？」狼問。

「報告，報告，指揮官，我太想笑了。」

指揮官揚了揚眉：「該不會這麼快，就找到土產的女娃了吧？哼！誰不知道你杜連長，風流成性。」

杜臺生肅了肅身子，嚥下口水的吸了口氣。

心裡叫著；鬼哦，這鳥不拉屎的地方，除了男人，一群軍人的汗味及濃濁的呼息之外，哪來的脂粉味兒？

「報告指揮官，不是風流，是愛民、親民。」

「好了啦！」指揮官睨了他一眼，笑了笑。

杜臺生有一種想過去攀住指揮官肩膀的衝動，這個上校，是一隻可愛的狼。

他又笑了，他想到「物以類聚」這句話，要說指揮官是一隻老狼，那麼，他們該是一群年輕的狼才是。

他還是忍不住要笑，純粹的笑的意念及欲望。

簡短的推演完畢後，他們分散，帶領他們的狼群。

他們必須狼一般的行過荒山、曠野，然後，與狀況中的假想敵人遭遇，他們必須狼一般的撲擊。

杜臺生一眼看到葉明正要離去，一個箭步上前，硬把葉明拎住，他看到葉明臉上的汗珠，在微明曉色裡閃著。

「嘿！小葉——」

葉明回過身：「欸，阿杜啊，你哪來的？」

「哈，我從火裡來的。」

「我以為你翹頭——跑掉了。」

「哪裡話？小葉——」杜臺生故作神祕的壓低聲音，攀住他肩胛，把滿是大蒜味的嘴巴湊近葉明的耳朵：「好像是眞的欸！」

葉明點點頭：「但願！」

「怪離奇的演習。事先連一點風聲都沒有。」

「你這聞風知雨的諸葛臺生，一向神機妙算，這一次，失算了。」

葉明叫著杜臺生在學校的外號，杜臺生一向喜歡推理。

「是嘛！叫人亂想不通的。」

「我也覺得奇怪——」葉明看了看四周：「這地方，好像挺陌生的。」

「會不會我們已經在大陸了？」

「要不然，一般演習用不著分海、空兩路。」葉明也猜測著。

「問問你們士官長。」杜臺生提議。

兩人便又趕到士官長身邊，杜臺生一把抓住士官長手臂。

「欸！老哥哥，請教你。」

「喔！是杜連長。」

「噓！小聲點。老哥哥，你看——這是什麼地方？」

「這是一個既熟悉又陌生的地方。」士官長說。

「嘿！這句話回答得有學問。」杜臺生說：「老哥哥，你也不曉得？」

士官長沉吟了一下：「照看，都是山的地形，不像是中央山脈。」

「我想，不是中央山脈。」葉明說：「阿杜，你看是嗎？」

葉明、杜臺生他們在官校時經常利用寒、暑假的時間，結伴去登山。

「我敢肯定不是！兄弟我沒有什麼長處，就是記憶力驚人，中央山脈圖已經在我這裡了。」他拍拍自己的腦袋。

「這麼說，這裡應該是——」

「我想是的。」士官長揚起臉：「我想絕對是！」

「是……是哪兒？」

「這裡是大陸某個山區。」

「天啊！」杜臺生叫著。

「阿杜，在事情沒有明朗前，不要聲張。」葉明提醒他：「你該回連上去了。」

杜臺生張開手擁了擁葉明。

「小葉！再見！」

葉明伸手用力握了握杜臺生的手。

士官長挺挺的站立在原地，他眼裡閃著淚光。

漢子們，迎著晨曉向山區挺進，以狼的姿勢，攀登既陌生又熟悉的山。

這附近的地形複雜得叫人生氣。

山，像是上帝刻意養育百子千孫，一山又一山，高高低低排列著，等著這群年輕的軍人用腳踏出路、用刺刀削剪出一條可以側身的路，好像，若不這麼的折磨人，它便要一山生出一山，連綿不盡，讓你攀不完，走不盡。

葉明和杜臺生在學校時練出的攀山越嶺的功夫，不到一個上午，就使盡了。

而他們，依然攀岩而上。

汗水把軍衣緊緊密密的貼在身肌上，漢子們像被繭裹住的蛹，想振翅飛起。

「他媽的，我可以發誓，這個太陽不是臺灣的太陽。」杜臺生喘著氣，對自己說。日光豔得出奇。

邪門的是，演習規定裡就有那麼一條——全副寒帶裝備。

厚甸甸的背包壓得人挺不起腰，偏又非要以老牛拖車的弓腰姿勢，才能攀上這頗令人憤怒的斜坡。

也不知葉明爬上來了沒。

部隊是分支而出，分向出發。

這是攻擊前最艱苦的準備階段——戰術行軍，還要兼顧敵情。

「鬼哦，敵情。」杜臺生在心裡嘀咕著：「這鳥地方，還會有敵情，狐狸都不喜歡這忽明忽暗的山林。」

一會兒是豔陽高照，一會兒又走入陰森森滑溜溜的黑森林裡，又是冷汗又是熱汗，一不小心，就要坑倒人，這坑坑窪窪，一點意思也沒有，踩得全身濕，濕膩膩一身，汗黏黏的。

「他媽的，什麼鬼地形，地獄還差不多。」想到這兒，杜臺生自己對自己笑了；幹嘛，一肚子發不完的牢騷，給誰聽啊？這不行，愈走愈氣，豈不正中這山魑林魅下懷，得意了牠們了。

他領著弟兄，又繞越過一座圖上等高線標示著拐洞洞的山丘。

他讓弟兄們選擇了一塊較爲有「人情味」——可以站或蹲的斜坡上休息。

杜臺生舉起一位弟兄因汗而微起鏽痕的槍，替他擦拭乾淨，那位弟兄站起來，把身體挺直，莊穆的接過，舉著槍在兩眼前，然後緩緩的將槍托觸地。

「報告連長，我們要打仗？」

「是的！」

杜臺生微笑的拍著他的肩背。

「我們已經反攻大陸了！」

他一字一字的吐出。

弟兄們圍過來。

「我們已經反攻大陸了。」

他大聲的說。他們——他的弟兄，他的狼群同伴也昂然的叫著——我們反攻大陸了。

山林起了回音，蕩漾著，彷彿每一棵樹都言語了。是的，反攻大陸了。這裡，便是大陸的某個山區，這裡，便是叫人心裡神傷了三十年的大地、山林。

對於王士官長而言，他無法制止眼淚，他跟在葉明身後，一吋一吋的攀登著這不知名的山，何等艱難的路程啊，他貪婪的望著每一棵樹，每一顆山巖石塊，他用力的踏出每一步。

「排附，你累了？」葉明關心的扶了扶他。

「不！」士官長仰起頭，臉上爬滿了汗珠。

他們坐下來，啃著乾糧，氣溫漸漸下降，快近黃昏。

士官長遞過他的水壺給葉明上尉。

「不了！我自己有。」

「報告連長，你喝看看嘛！」

葉明接過來，微仰，喝下一口。

「是大麵啊！」

「嘿！連長，你說，該不該喝？」

「應該喝！」他又喝下一口：「謝謝你，士官長。」

副連長林建中來報告，已經找到水源。

「好！謝謝，老弟。」

葉明捏了捏這位畢業不久的後期學弟的肩胛，他俊秀的臉龐沾滿了塵垢和汗漬，葉明掏出手帕替他擦了擦。

大家圍聚在那一小汪已經證實無毒的水窪邊。這小小一杯水，清澈如鏡，映著他們黝黑赤亮的臉龐，他們笑著，笑容在水底漾然，水裡，映著他們的臉及樹影，還有從緊密葉叢間隙露出的天空。他們把水壺灌滿水，然後痛快的飲下。

弟兄們叫著：「哇！透心涼的。」

葉明連長的傳令二兵李火土，也裝了一壺水送過來，他奮興的說：「連長，這比黑松汽水還好喝呢！」

他像啜酒般的含著從水壺口汨流出的山泉，慢慢的讓泉水滑入喉腔，點點頭：「嗯！眞的喲！」

李火土嘿嘿的笑了，笑得一口金牙亮閃閃的。

「報告連長，說眞的啦——」李火土靠近他，小聲的：「是不是，我們現在已經在突擊大陸？」

李火土是一位山地來的弟兄，矮壯、結實、勤快，叫人由衷的喜歡他。葉明很想大膽的宣佈這未經證實的演習行動，就是反攻大陸的行動。

「我們是不是要打仗了？」

李火土撫摸他肩上的槍，新換發的槍，在山裡，拿慣獵槍的他，還是連上的特等射手。

葉明以微笑回答李火土。

在山林裡，一近黃昏，都來不及等待，天色就這麼迅速的沉暗下來。依圖判，距離第一集合點，還有十公里左右，氣溫突然急驟的下降，冷風吹著。敏感的士官長，立即向葉明建議，穿上寒裝，他聞到一種氣息，一種使他瘦癯臉頰發映著興奮光彩的信息。他們已走上海拔千公尺高的地帶，地形開始平坦，不必那麼用力的走，使人能格外感受這春冬之交的季候。

王排附帶著幾分調皮幾分促狹的告訴組裡的弟兄，他們將遭受伏擊。

伏擊？

嗄！

是的，伏擊。

王排附肯定的微笑的說。

葉明以莊嚴的態度，等待著。依據狀況研判，這個地帶，應是最安全，最沒有敵情顧慮的。弟兄像中了魔邪，小心的，以搜索態勢前進。一路上，王排附，這位三十二年老兵，綻開他那並不常見的笑容，他的笑容一向是被冰藏著——士兵們這麼說他：冷面虎。他長著滿臉鬍髭。

好像，他是置身於狀況之外——戰爭之外，與他們不相干的，他實在有些叫人生氣，有什麼好幸災樂禍的。

葉明的警覺，像磁鐵那樣敏銳。

這老傢伙，有什麼樂的？

氣溫愈來愈低。

天色更暗了。忽忽有一千隻手，帶著細紗手套的手，輕輕摩挲著樹林。

有人感覺臉上被摸了一把，冰冰的。

「妹子喲！」客家籍的火力班班長羅秋華下士，把在右肩的機，槍換到左肩，「像妹子的紅唇，香香冰冰的，哦嗚——」遇見鬼的那種叫法。

他們停止前進，用身體感覺這奇異的美。羅秋華用手拂了拂鋼盔，拂下一層瑩白的粉脂，果眞是香的、冰的。

士官長轉過身，得意的笑著。

是雪降。

雪，飄落，從林隙間。

雪，以緩緩揮灑的動作，降下了。

先是薄細的紛飛，以一種任人無法察覺的步履。當然士官長是感覺到了。

士官長肯定；這裡是大陸某個山區。

他笑著，攤開手，接住雪花，雪花在掌上凝成霜片，他把掌貼近臉，臉上的溫熱融化雪霜，化成水，一滴一滴的垂落，從他的脖子滾落，滾落到他貼身的汗衫，他挺了挺身子，站得更直。

「是臘月了。」他對著走過來的連長說。

「哦。」連長的臉被一層粉白覆著，因爲他一直是仰望著。他下令；繼續前進。

除了雪，沒有敵情。

●

夜半，雨急驟的下著。

感覺臉上有幾滴水涼，慌忙起身，關上窗子，身旁的曉凱翻了個身。

康莉輕輕拍著曉凱的背，並替他蓋上一條毯子。

才兩點多，這場雨眞大。

連續幾天雨了，一直就是這麼恍恍惚惚的灰明，室外都起了微明水光。

她揉了揉腫眼，躺臥下去，正要伸手熄燈，卻猛一陣暈眩，定了定神，用手支住上身。曉凱又醒了，張開眼睛看著她。

「乖！睡睡。」

兒子只是張望著，看她，她忽然覺得小小的豐腴的臉，和葉明說有多像就有多像，她從未好好的看過他們父子，他的唇弧，他的劍眉，他挺直的鼻子，他寬圓的下巴，她撫著兒子的臉，依向他，他閉住眼睛，睡了，連睡姿也像。

她驚異而滿足的審視她的嬰兒。

窗玻璃轟的猛被閃電殺亮，康莉緊緊壓住嬰兒小小的身軀。

雷聲在天邊爆響。

她想到他。

又是一陣閃電，要撕破黑夜一樣。

轟隆——轟隆——

一疊急驟的雷聲劇烈的捶打著夜空，連窗戶都有些顫動。

她格外的想念他。

村子裡，最近少有男人回來休假，每一家的女人都感受著一股特別的壓力，她們仍然平靜的鈎打著毛衣，呵斥著奔躍嬉耍的孩子們，照常上菜場，照常洗衣煮飯，只是話少了，沒有人知道男人的事，但誰都知道男人們正在這臨春前的寒冷裡演習，否則不會一點音訊都沒有。

夜，在雨裡，沉沉的壓下，卻又在雨裡透出幾行微明亮光。

村外農舍的雞又鳴起了，在雨聲中，有種遙遠的感覺，康莉仔細聽了一會兒，穿上晨衣，下床。

她打開衣櫃，取出葉明的軍衣。

曉凱睡著，她輕輕在兒子的身上蓋上一襲漂亮筆挺的軍衣。

仍有幾分嚴冬的酷寒，她取水，開始抹拭屋內的器皿，理了葉明練字的紙墨，替毛筆醮上墨汁。這是葉明休假在家時的習慣。

雨不知什麼時候小了，停了。

天光中，早晨的曦色逐漸逐漸明亮起來。

竟是一個好晴天，雖然仍有寒意。

她把葉明所有的軍衣，包括那幾件穿舊的，用清水濯洗，晾曬起來。

男人不在家的日子，康莉和村子裡的女人們一樣，總是經常把他們的軍衣，一件件翻出來，洗、漿、燙。

一輛吉普開進村子，在門口曬太陽、鈎毛衣的女人們個個張望著，那是一輛陌生的車子。裡面坐著一位上校，好像還有鄉公所的職員。

敏感的女人們議論著，猜測可能發生的事情。

「那不是兵役課的楊先生嗎？」有人認出那位穿便衣的中年人。

車子在自治會門口停下，上校和兵役課楊先生下車，直朝裡面走，一會兒，村長——前年剛退伍的張先生跟著出來。

那位上校腋下夾著一個公事包，跟在後面的楊先生提了一個四方形的箱篋。

村長領著他們向村子裡走來。

女人們沉默著。

上校一行走過她們面前，她們低下頭，她們在心裡祈禱，希望要找的人不是自己，因爲，那意味著某種不幸的事情發生了。前天才發過春節慰問金，不可能再有什麼要發放。

村長的臉上也很凝重。

日光不烈，她卻又起了一陣暈眩。

上校一行放慢步伐，接近她，她剛剛曬好衣服，手上還是濕的。

村長在她身邊停下。

她幾乎昏厥過去。剛結婚幾個月時，村子裡就有過這種事情發生，那時，也是楊先生陪著，一位團管區的軍官，楊先生也是提著四方形的箱篋，他們走進秦家，一會兒，秦家大小都號哭起來了，秦先生因公殉職了。那對她來說，仍是一件驚心的事情。

她吸了口氣，定神，手在圍裙上抹了兩下。上校對他微笑、點頭，她木木的看著上校。兵役課楊先生把左手上的箱篋換到右手。

有人圍過來。

「葉太太——」村長叫她。

她臉上的肌肉跳得厲害，她用力的張著眼睛。

「隔壁的金太太不在？」村長問。

「什麼？」她幾乎是驚叫起來：「你問金太太？」

「是啊！」村長冷冷的說。

康莉幾乎跳過去，幾乎要跪下來，跪下來感激村長。

「金太太去買菜了？」上校問。

「是！是！她剛出去。」康莉急急的說：「有事嗎？有事嗎？」

「哦！我是團管區來的，欸——」上校沉吟了一下，看看村長和兵役課楊先生。

「是這樣的——」王先生說：「金太太的大公子金開華，不幸爲國犠牲了。」

有人去市場通知金太太，金太太急匆匆回來了。

「我先生怎麼了？我先生怎麼了？」她迫切的問。

「金太太，你先生很好，你大公子開華──」

金太太愣住了，好一會兒才定住神。

「怎麼可能呢，他才畢業不久。」

「是的，他是一位勇敢的軍官。」上校說：「他剛畢業，就自願申請上前線服務，我們爲你感到驕傲，金太太，你有這麼一個兒子！」

金太太手上的菜籃掉到地上，籃子裡的菜蔬落了滿地。

村長把金太太扶進金家客廳。

康莉把地上的菜蔬揀起來，送到金家的廚房，她爲金太太淘了米，把菜放進鍋子裡煮。

猛地，菜刀劃破她的食指。

她忽然有一種悲壯的情緒。

如果，葉明也不幸戰死──

如果，葉明也爲國犧牲，他完成了他的理想。

她要怎麼才能承受這份撞擊？

客廳裡，傳來金太太的啜泣聲。

金開華才從官校畢業，金先生剛調某部隊旅長，元旦剛晉升上校，村子裡都爲金家高興。

左鄰右舍還特別湊錢去銀樓打了一顆金星祝福金先生早日升將軍，沒想到，沒想到金開華竟然走了。

如果，葉明眞的也爲國犧牲，她要怎麼辦？

康莉腦子裡亂烘烘的。

飯、菜都煮好了，她悄悄退出金家。

曉凱還在睡。

她抱起他，看他小小的豐腴的臉。

多麼相像啊！

她泡好牛奶，餵著嬰兒。

如果，葉明走了，他戰死——她思考著。

她更用力的抱著嬰兒。

嬰兒的臉，五官，與葉明多麼相像啊！

她吁了口氣，解脫枷鎖般的舒坦。

外面的日光仍覺得豔得眩眼。

氣象報告說，午後會有雷陣雨。

清早洗好的衣物，都已經乾了，軍衣因漿洗而顯得硬挺，她一件一件取下，開始熨燙。

她撫摸著燙好的軍衣，衣上猶散發著熱度。

又想念起他了，從未如此濃烈的思念過。她把自己的臉貼向軍衣……

果眞起風，便又是寒風細雨。

康莉走進金家，準備爲金太太做好晚餐，沒想到金太太自己在廚房洗洗弄弄了。

「謝謝你哪！葉太太。」

「哦。」她有些心虛，覺得對不起人家，她不知還該說些什麼：「哪裡。」

金太太臉上一抹淒淒的笑紋，額前的劉海微亂。

「早上——」金太太幽幽的開口：「團管區的上校告訴我，開華他是——是在大陸，在大陸，他一個連——他已經升了連長，他一個連和共匪幾倍的兵力打……」金太太嚶嚶的啜泣起來。

「這孩子，從小倔強，跟他爸爸一個模子，我——我只是不放心他一個人在那麼……那麼遠的地方……」

晚餐還是康莉幫金太太做好了，金太太的老二、老三從學校回來，聽到哥哥不幸的消息，待在客廳裡，捧著開華的照片，邊哭邊看，任怎麼勸，全家沒有一個願意吃飯，康莉陪著他們哭了一陣子，不放心曉凱自己在家裡，只好任由他們。金太太倒是平靜下來了，還送她到門口。

回到家裡，大略收拾了一下，吃了晚飯，曉凱吵著要出去，拗不過他，只好帶著傘，母子兩人依在傘下，走在細雨裡；金家的不幸，使整個村子的氣氛都沉鬱鬱的。

夜色不知什麼時候加在雨絲裡，水墨般潑灑著。她抱著曉凱，走進中正堂。室內，鵝黃的燈色柔柔照著矗立在中央的銅像。她正要坐下，突然，心裡漲滿了拜謁神廟的肅穆、莊嚴而聖潔的情緒。她走向前去，睇視著燈色下，越發顯得亮麗的銅像。

銅像昂昂的站著。

她一遍又一遍的仰望著，她覺得心安多了。走出中正堂，夜色已抹黑了大地，村道兩側的路燈瑩瑩亮照。

仍是細雨寒風，他抱著微睏的嬰兒，母子兩人依偎在傘下，她一步一步的走著。

雪融

通信網路再度恢復暢通，葉明正想搖電話祝賀杜臺生升任營長，卻聽到密集的轟隆砲擊聲。他放下電話，衝進觀測所，砲彈落點正在陣地前沿，原先設置的一些障礙，又被破壞了，沙土滾滾衝向空中。

顯然，這是敵人的攻擊準備。

「報告連長——」觀測士放下望遠鏡：「左翼線友軍陣地，中彈了。」

他接過望遠鏡。裊裊的塵煙正從友軍陣地正面升起。心想，杜臺生新官上任，就遭砲擊，恐怕有一肚子『膿』水要向他吐了。

前幾天，部隊由南山出發，準備與北區我部會合，繼續向北推進，杜臺生率領一個加強連，奉命擔任前衛尖兵的任務，沒想到誤打誤撞，闖進共軍防區，氣數已盡的共軍，正在防區四周挖地塹，個個灰頭土臉老鼠似的在地洞裡，有氣無力的擲著土，也虧他們鬆懈得叫人以爲是群迷路的兒童在挖地瓜吃，杜臺生也毫不客氣的把一個營的共軍全數俘虜。

發現敵人時，杜臺生一面與後續部隊聯絡，一面大搖大擺的吆喝著，儼然指揮官模樣。

——第一營在右，第二營在左，第三營在中央掩護。

如此故作大軍指揮官狀吆喝幾聲，即命令連政戰士實施喊話。

共軍弟兄倒也乖得出奇，竟然跪下。

杜連長隱身在一棵樹後，原以爲可以好好火併一場，沒想到得來全不費工夫，再一看共軍身邊的槍也不下數百枝，想到共匪之從頭到腳無處不詐，無處不欺，他怕共軍當中有匪幹在領頭，便低聲嚴令火力班一面監視，一面掩護，自己接過喊話器。

——老鄉們，大家都是好兄弟，各位知道國軍已經開始總反攻，春天來了。

——老鄉們，你們一定知道了，『黨中央』的頭頭們都逃到西伯利亞去了。你們呢？挖地洞也逃不掉了，乾脆加入我們國軍，活路一條。

自己胡扯了兩句，惹得旁邊的傳令嗯嗯哦哦笑。

——現在……

他靈機一動。

——現在，『幹部』出來，放心，不會爲難你們，請站到右側第四棵樹下。

「第一排，抄過去，嚴密監視。」他忙低聲吩咐第一排排長。

子彈上膛，以預防突發狀況。

——好！很好！

那邊共軍群中突然有輕微的喧鬧。

——他是幹部。

有人叫著。

那名被推出來的匪幹，回頭瞪了瞪匍匐地上的同伴，很不甘願的走出來。

杜臺生一眼瞄出，那傢伙腰際鼓鼓的有不軌企圖，他悄悄掏出手槍，對著那名匪幹，果然那名匪幹伸手插入腰際，杜臺生一扣扳機，子彈穿過匪幹頭上的污星帽，那傢伙手急忙護住頭，臉色發白的跪下去，杜臺生自己也嚇一跳，哪來的好槍法？

傳令小吳縱身跳出，一把摟倒那名匪幹，從匪幹身上搜出兩枚手榴彈，他猛地向林外甩出，卻只聽到噗哧一聲，手榴彈爆成兩片。

——好了，兄弟們，你們都看到了，這傢伙壞，壞得頭頂生瘡，腳底流膿，想害你們。

——現在，各位把槍拿起來。

副連長、輔導長愣了一下，以爲連長下錯了命令。

「別急，看本連長的。」他回頭向兩位同伴笑了笑。

——取下扳機，擺在腳跟前，向後轉，向前三步！

——取下槍管，放在右前方，繼續向前五步。

火力班長用幾個空背包，把扳機、刺刀、子彈、槍管分開裝。然後要幾位比較粗壯的大個兒背著。

這簡直是耍寶似的硬讓這些被俘的新生弟兄手忙腳亂一場，看他們扳機是扳機，槍管是槍管的扛著，有機無彈，有彈無槍，杜臺生是禁不住要得意一番了。

原本傷腦筋，累人的補給裝備、物品，杜連長也一一分配給新生弟兄扛著捧著拿著抬著，解決了他的最大問題，雖是尖兵連任務，由於任務需要，所有裝備只有自己帶著，連他左肩右肩，前胸後背也都一捆一包的，還要跑跑停停，搜索警戒偵察聯絡掩護等等，每一位弟兄氣喘吁吁，汗流浹背，這下子，一下子加進了四百多人，杜臺生是又得意又輕鬆，眞正大軍指揮官模樣，浩浩蕩蕩，不僅走出了路，還走到捷徑，又沒有敵情，後續大部隊也在限時內走到集結地區。

指揮官當面大大讚許他的機智勇敢，並即呈報上級，晉升他爲少校營長。

幾天沒有見到葉明，老同學也有幾分想念，何況功成名達，不在葉明面前炫耀一番，叫人不甘心。

至少，可以大言不慚的向他宣佈——杜某人有希望成爲指揮官的乘龍快婿。

而狀況如此迅疾的變化著。

根據情報，北區我部刻正與共軍激戰中，敵又在南山後方以數倍於我兵力及強迫百姓，驅使向我部後方圍擊。

杜臺生恨恨的罵著：「媽的，又是口袋戰術。」

指揮官即令：就地防禦。

「爲什麼不反擊？」杜臺生有恃無恐的質問來巡視陣地的指揮官：「我們先下手爲強，把口袋底突穿，不就得了？」

指揮官笑了笑：「杜臺生，照你這麼說，敵人都是大笨蛋？」

「這是戰術運用啊！」他辯著，臉紅脖子粗的。

「小兄弟——」指揮官倒是和顏悅色，對杜臺生的態度不以爲然：「反攻大陸，不只是你我在用心用力，全國的同胞，都在用心用力，我們要考慮到全盤戰局，嘿嘿！你這毛病啊又來了，老把自己塑造成敢死隊，一身火氣，嘿嘿！」

指揮官兩手抱在胸前，眞有一肚子妙計似的。杜臺生被這麼一數落，不甘心得像一個小孩子被責罵了，沉默著。

「沉著！沉著！」

在旁邊的政戰主任拍拍肩胛，給了一塊糖：「你很勇敢，下次有機會，我請求指揮官派你當敢死隊去。」

杜臺生向兩位長官敬了禮，送他們出了防區。

下午，防區附近零零落落的落了幾發砲彈，顯然是對方砲兵在試射，不巧的是，砲彈落點大都在杜臺生營觀測所附近，他的觀測所開設在附近地形中的制高點。以聲光及砲彈散佈面推測，敵砲兵正在南山附近。杜臺生電話向指揮官要求砲兵反擊，電話講到一半，一群砲彈又落下來，電話中斷。

——該死的東西！

他幾乎暴跳起來。他不明白指揮官按兵不動的目的。弟兄們只是辛苦的構築預備及補助陣地，到現在爲止，連一發子彈也沒有射出。

——這是搞什麼鬼嘛！

他看見很多弟兄的手都起泡，內心有說不出的難過。

——媽的巴子，讓他們的手去扣扳機，就不會起什麼鳥泡了。

心裡這麼嘀咕，腳還是走動著，察看工事的經始、厚度，還一遍又一遍的反覘陣地。

——眞要在這兒老死不成。

指揮官下定的決心那麼堅決，如此幾天又是工事，又是障礙，層層重重，天羅地網，怕老鼠也進不來了。然後，敵人開始猛烈砲擊。最倒楣的是杜臺生，原以爲自己占盡天時地利人和，可以殺他老共王八蛋痛快淋漓，沒想到自己選定的制高點變成了敵砲兵的檢驗點。沒有指揮官命令，任何單位任何人不准射擊！這是一道嚴厲的命令，還附帶著：違反者連坐三級，並以戰場軍律處分。

陣地，依然只是構工的聲音。

指揮官和政戰主任、作戰官、情報官忽然出現，杜臺生忙迎過去。

「杜營長──」沉沉的聲音，不像狼嗥。

「有。」

指揮官攤開畫得紅紅藍藍的地形要圖，用他黑亮的指揮棒金頭，指著圖上。

「任務指示──」

杜臺生簡直不敢相信。這是一個醞釀許久的計畫，他居然是計畫中的主角，他驚喜，他滿心振奮。

「還有，從明天起，你的代理人是葉明上尉，不必辦理交接。」

指揮官匆匆的走了。他望著遠去的背影，這個狼一般的上校，原是如此的老謀深算，而他是知他的，他派任杜臺生爲此次任務的負責人，杜臺生衷心的感激著，通訊網路仍在修護中，葉明這小子不知忙得怎麼樣了，從升任營長起，杜臺生總有一種對不起葉明的感覺，雖然葉明仍是連長，但他確實比自己優秀太多了，明天起，葉明將要來接替他，心裡也舒坦些了。也不管葉明是否會糗他是「俘虜營營長」，他直奔葉明防區。

葉明一看見杜臺生，一把摟住他。

「好小子，正要找你，電話一直不通。」

「幹啥?」他裝作若無其事的樣子：「老夫不是來了!」

「賀賀你啊!俘虜營營長，咱們期上第一個槓上開花的。」

「拜託，別酸我，你知道我三句話便吐了一堆草——一肚子草包，機運罷了。」

「客氣呢！營長大人。」

「又來了！」杜臺生一拳擊過去，被葉明閃過了，兩人進入臨時搭構的連部，葉明拿出果汁罐頭招待他。

「喲！看你這兒，倒像是沙龍呢！就差一套四聲道音響。」

杜臺生一屁股坐到彈藥箱上，發現新大陸似的，一邊叫一邊猛灌果汁。

「你們沒有分發到？」葉明指的是果汁罐頭。

「見鬼呢！」杜臺生故作委屈狀：「全給各連領走了。」

「瞧不出你這一營之長，還頗疼愛部下的，不是流落到本連，還眞喝不到！」

「所以說嘛！塞翁得馬焉知是福，老夫忍飢耐渴，有幾人知我苦心苦肚啊！」

眞眞是唱作俱佳，話題轉到正事。

「也不知要在這兒待多久。」葉明不由得嘆著。

「別急！葉連長，沉著！沉著！」學著指揮官語氣，十分像，逗得葉明笑了。

「聽說，我們在這兒，不單是防禦，同時也負有遲滯敵人的使命。」杜臺生故意透露：

「甚至於，有引誘敵人深入我部防區的作用。」

葉明沉吟了一會：「我也在想，我們的任務絕不是這麼單純，否則，到現在一發子彈都沒有打出去，阿兵哥們都快耐不住了。」

「這是暴風雨前的平靜啊！」

「哈，你小子什麼時候也成了詩人了。」

「還不是跟你學的。」

杜臺生很想告訴他，明天拂曉，他以及數十名兄弟，將要到敵部後方，執行擾亂、破壞的任務——咬破敵「口袋」。

「哎！跟我學？看看你老兄已經高陞營長，我呢，嘿——」

「別傷心，小葉，等著瞧吧！爬得快，摔得重，也許，我比你先走一步。還得勞你老兄繼志承烈，料理後事呢！」一語雙關，半開玩笑，半帶認眞，葉明聽出來了。

「阿杜，你別老想搶先，上有指揮官，下有連長，你老兄想當烈士，早呢！」

杜臺生笑了笑，不客氣翻出兩瓶果汁罐頭。

「自己人，不客氣嘛！」一瓶丟給葉明。

「好吧！爲了祝你步步高陞，小兄弟沒別的，兩瓶果汁還請得起。」葉明「咱！」的自己開了罐頭，杜臺生忽然緊緊盯著他。

「怎麼？」葉明問。

「聽到沒？開罐的聲音。」

「幹嘛？」葉明把杜臺生手裡那一瓶拿過來，用手一壓，瓶蓋發出——咱，開了，遞過去：「連瓶蓋響聲都觸發你的靈感了，別像眞的一樣。」

「當我的刺刀進入敵人的胸膛，拔出來時，就會發出這樣的響聲，像開一瓶香檳，拔出瓶塞——」杜臺生似認眞似玩笑。

「不得了，阿杜，什麼時候，這麼壯懷激烈啊。」

杜臺生沒有說什麼，只是仰面飲盡，像喝一瓶烈酒。

●

無電線發出訊號。通信士吃力的在砲彈爆炸聲中接收著。從昨天下午，敵人的砲彈像長了眼似地，在防區內此起彼落的爆響著。

傷亡報告不斷湧進指揮部，請示行動的電話，沒有斷過，指揮官咬著牙根，注視著柵架上的地形圖。士官把譯好的密語，放在他面前。

指揮官枯燥的臉剎地放出一絲笑紋，略呈三角的眼睛明亮了。他的副手——政戰主任，看到他歡喜的神色，知道這是他下達新的作戰命令的時候。

政戰主任站起來，走向電話機，回身，面向指揮官，以徵求同意的口吻：「是——」

「連長以上的幹部到指揮部開作戰會議。」

而指揮官所宣佈的竟是轉進的命令。難道我們撐不住了？軍官們微喧起來，指揮官當然看在眼裡。

「轉進！是攻擊準備！」他高聲的說。

葉明是有幾分不悅，當他知道杜臺生已深入敵後執行任務時，他有種被遺忘、冷落的氣憤。尤其指揮官又下達轉進的命令，更使他難過。

會後，指揮官要他留下來。令他驚奇的是，這又是另外一次的作戰會議，指揮官似乎有意打破沉鬱的氣氛，他展露難得的笑容。根據情報，匪將以十萬兵力撲擊我部，企圖以大吃小，由點而線而面，把「口袋」縮緊。

「如果，他們知道我們以空城計對付他們，嘿嘿！」指揮官笑了笑，想必他是熟讀《三國》的諸葛迷。

「不過，讓他們太失望也不好意思，想想人家在我們防區左右兩翼數十里內，佈署了一波又一波的人海，調集了兩個省區的兵力，嘿！那兩個省區，我們勢在必得了。不能大意，不能大意！」指揮官像在徵求誰同意似的。

「所以，所以！葉連長，你想，我們要怎麼來著？想想，想想——」

「轉進，當然要有遲滯部隊留在陣地，掩護大部隊。」葉明說。

「啊！對了！」指揮官竟揮拳向葉明肩膀，一派喜逢知己的樣子。

「葉明，你願不願意擔任這個任務？」主任問。

葉明猛一驚，立正：「報告是！」

指揮官的臉上仍是滿滿的笑紋：「好！好！當然知道你願意才找你的，別怪我沒有派你和杜臺生一起去執行『雪融』，他火烈烈的適合去幹『雪融』那檔事，你嘛，穩重沉著，這件事，比『融雪』還重要，只有你可以勝任。」

「謝謝指揮官。」

「別謝了，我還要代表所有官兵謝謝你，你知道這不是一件容易的事。」指揮官收起笑容，像賭氣的孩子：「老共慣於以大吃小，這回我們就以小吃大，以一個加強連咬住他的背，你——加強連連長。」

一個加強連，對付十萬之眾？葉明不禁猛吸口氣。

「當老共——據研判，牠們這一群土撥鼠，將在明天，對此地實施圍擊，你——不要客氣，我會留下夠你打三天三夜的彈藥，目的是在造成敵軍的錯覺，讓牠顧此失彼，讓牠進入我們反『口袋』的『口袋』裡，到時候，牠難以拔足，自是我部殲滅牠的時候。」指揮官頓了頓：「你認爲這辦法，好吧？」

幾分得意，幾分炫耀的看著在場的軍官。

「報告指揮官，好！」

「好！當然好！怎麼不好啊！還有，看看——」黑亮指揮棒的金頭，指向地形圖：「順著捌洞洞高地一線——到平鄉，是你脫離戰場的路線，我的意思是你只要達到遲滯牠的目的，讓牠自以爲陰謀得逞的占領此地，從明天拂曉起，七十二小時，是你遂行任務的時間，這七十七小時，夠牠狗子狗孫忙的啦！七十二小時一到，你就沿著轉進路線脫離戰場。在平鄉與杜臺生會合，師運輸連的車輛等著你們。」

葉明一一記下各項行動指示，指揮官意猶未盡的：「補充一點，我想在這一片廣大的山區，實施重點機動防禦是比較妥當，忽東忽西，讓敵人撲朔迷離。」

「是的。」

作戰官把防區各要點兵力、火力重點，提示完畢後，沉重的握了握葉明的手：「老弟，祝福你！」

「葉上尉，哦！不，葉少校，指揮官派杜臺生去執行『雪融計畫』，留你在這裡掩護大部隊轉進——我們將要進行一次全面的攻擊會戰——這是機密，但你可以知道，『春訊』勝敗在此一舉，指揮官的用心就是希望你們能夠相互配合，你們所擔負的責任同樣的艱巨，同樣的重要。」政戰主任嚴肅的說。

「保重！」指揮官站起來。

指揮官和主任的手一齊伸出，葉明兩手被重重的握著。

主任沉吟著——

青海長雲暗雪山，孤城遙望玉門關；
黃沙百戰穿金甲，不破樓蘭終不還。

「葉明老弟，我沒有什麼可以送你的——」指揮官仍握住他的手。

「邱清泉烈士一向是我最敬愛景仰的，在我這數十年的軍旅生涯中，我一直以他最喜愛的這幾句名詩惕勉自己，作爲追求的目標。」聲音沙啞的。

陣地外，一群砲彈落下來，一陣硝煙滾滾捲入指揮所，指揮官用手拭了拭臉上的沙塵，他仰臉，望著淡白的天空，輕輕咳了兩聲，這臨春天氣，這中國的大地，潮冷的山裡，他是受涼了。他的視線從雲霄落下，停在葉明臉上，他鏗鏘的念著：「頭經刀砍身方貴，骨不泥封名始香。」

葉明吸著氣，眼眶一陣濕熱，他把兩腿靠攏，膝蓋挺直，胸部堅挺，下顎後縮，身體微微前傾，兩手緊貼著草綠軍衣褲縫。他昂然立正。

指揮官又咳了。主任脫下自己的夾克，加在他身上，他感激的望了望他的副手。

——壯士手中三尺劍，雄圖胸裡十萬兵。

彷彿，他執著劍。他的身子忽然那樣高偉，他目光落在柵架上的地形圖，略一瞄視，他又看著葉明，再度握緊葉明的手。又一群砲彈，幾發咻咻的掠過頭上，有幾發沉悶的落在指揮所右翼高地。

指揮官微帶怒氣。

——從來王業歸漢有，豈可江山與賊分。

主任肅然的說：「好詩！」

葉明噙著眼淚，他昂然的：「報告指揮官、主任、王老哥，我誓死達成任務！」

王老哥——作戰官，他們的學長，一位中年漢子竟先流淚了。

「把眼淚留著，回南京時再流吧！」主任說。

夜，悄悄的臨。除加強連外，大部隊已全部完成轉進準備。葉明帶著連上的軍官們，分赴各區接收防務。

夜，在葉明及幾位軍官們的心裡，沸騰起來。

「把已損壞的工事，儘快修護，特別注意僞裝。」他吩咐走在身邊的副連長林建中，副連長唯唯的應著。此刻他最了解葉明的心境了，在他幹葉明的副手這段時間，他經常感受著這位學長蘊積在內心的壯烈，葉明在他心裡是一個高偉的偶像，曾經，他聽葉明莊穆嚴肅的告訴弟兄們——

如果，我們不能親手收回失去的土地，我們不配做軍人。

很簡短的話，卻常使林建中感受無比的震撼。

此刻，他恨不得作爲葉明的替身，代替葉明領受這份焦心的熱燙。這如此廣大的防區，留一個加強連下來與十萬敵匪拚戰，多麼不可思議，有限的兵力、火力，要如何運用呢？儘管砲彈仍不時的落下，部隊還是開拔了。

防區留下兩門榴彈砲，由葉明直接指揮射擊，他要求砲手們把砲擦拭好，完成射擊準備。

暫調砲長的王排附來報告：不必檢驗射擊。

「這——行嗎？不會形成浪費彈藥？」葉明沉吟道。

「不會！敵人所在的方位就是二六〇〇，我們的裝藥射程也絕對可以打得他屁滾尿流。」士官長固執的說。

「好！五發變換一次陣地，射擊！」葉明說。

「轟！」第一發砲在砲口火花中飛出。

這連日的所謂防禦，連子彈都沒有上膛過，沉悶得叫人想哭。第一發砲彈擊出，一群砲彈擊出，陣地微微的被撼動著，兵士們歡呼起來，他們在砲位附近張望，張望竄出的火舌，聆聽遠遠重重的爆炸聲，他們有被燃起、被拋出的歡暢。無線電與杜臺生聯絡上了，葉明想到前天杜臺生的大智若愚狀，一絲風聲都不肯透露，這下子非好好糗他一頓不可。

「童子之心，冥頑不化。」是明語也是密語，只有他和杜臺生知道，他是經常如此糗杜臺生。

回答的是一句：「安心作夢吧！」

無線電通信士不解的望著葉明，密碼本裡，並沒有這句話。

著。

「夢，太高太遠。」葉明要無線電士這麼回答。

那邊的砲火突然止息，葉明忙叫士官長變換陣地。

許是被激怒了，片刻的停歇之後。砲彈夾著熱風，在陣地正面轟轟爆炸，散佈著吹襲

這是午夜時分。

咻咻咻……

嗤……

如此凶猛的一群砲彈，在半空中嘩然爆開，破片垂直的尖銳的刺向陣地每一個角落。士官長在砲火中嘶喊著射擊口令，砲火中的熱風使砲手們撕裂軍衣，以赤裸的膛，承受著高溫的烘烤。這門巨砲，以最極限的發射速度，吐出怒焰，在敵砲火沖殺向正確的方位。

無線電訊號早已中斷。高地上枯乾的蘆葦，趁著砲火，也烈烈的燒騰起來，火舌伸向天空，把夜的蒙面整個撕開。

「不必——」士官長拒絕攙扶，他蹲在砲架邊，摀住傷口，還發著射擊口令，他被敵空炸信管砲彈碎片擊中大腿。

「士官長！」瞄準手施學忠蹲下來：「不行哪！你流血那麼多。」

在砲火的照映下，士官長的血流了一地。施學忠咱的撕破軍衣，強行為士官長綁住大腿。咻——嗚——噗哧！

上。

砲彈飛過來，在砲陣地上空爆開，破片成一字向下啄擊。瞄準手施學忠趴在士官長身

「混蛋！」士官長一把推開他：「誰叫你——」

施學忠整個人癱軟下來，血從他背上湧出來。

「放！」裝填手李進送進另一發砲彈，關上砲門，發射手陳仁和順手拉火栓，砲口閃過一陣光，砲身制退複進機向後猛撞了一下。

「混蛋——」士官長把施學忠的頭枕在他流著血的腿上，施學忠困難的吸著氣，喉間哽咽著，他的手已經冰冷。又一群砲彈飛嘯過天空。

李火土一身血跡，低姿勢到葉明身旁。「報告連長，第三班班長陣亡，副班長重傷，班兵六員，二員輕傷，已自行裹傷完畢。」

「從現在起，你是第三班班長。」

李火土匆匆又匍匐過交通壕，回到指揮所旁邊的班陣地內。這不是晨曦的景象，然而，天邊不時爆出火豔的光朵，葉明望了望西邊高地，砲火正集中在那裡，這是敵人的詭計：各個擊破，一忽兒全面砲火轉向中央正面，一忽兒又集中火力猛轟左右兩翼高地。

電話線不知被轟成幾段了，然而此時話機卻響著清脆的鈴聲。通信士報告：指揮所與捌洞洞高地線路接通，喂！喂！通信士報……

嗤一聲，線又斷了，葉明悻悻放下話機，還未與敵人正面接觸，無線電開放靜聽，現

在，只有無線電可以使用了。副連長林建中帶了一個排在捌洞洞高地，那兒地形比較複雜，從地形圖上看，等高線比較細密，坡度頗大，敵人不易攻占，但也造成我部觀測死角，依研判，敵人可能從那兒發起衝鋒，只要攻占捌洞洞，其餘諸高地便在捌洞洞高地火力的瞰制下了。

葉明嘗試與捌洞洞聯絡過幾次，都因爲線路還在搶修中，多虧通信士早在黃昏前便將所有通訊線路挖了很深的被覆深度，通訊才不至於完全中斷，距離完成任務時間還有四十八小時之久，而敵人已經用完全的威力攻擊，下一著該是久聞而未見的人海攻擊了吧！

葉明也已通令全連將棉襖內的棉絮，全部取出，浸泡桐油製成夜照器材，一可照明，一可燒傷敵人。落彈的速度不再那麼急猛，陣地內的榴彈砲在王士官長領導下，仍以正常速度怒放出砲彈。此時，敵砲兵又改變射向，變成四周濫射，顯然有意造成我部慌亂。李火土手裡拿著一只彈尾翼，以潛行姿勢到指揮所，向葉明報告。

「報告連長，事情有變化，看！這是匪的槍榴彈尾翼，不對了，事情不對了。」

葉明接過來，彈尾翼仍有餘溫，他知道該來的，還是來了。

各排、組戰鬥傳令立即飛奔各陣地通報，一瞬間，砲火熄了，代之卻是咻咻滋滋的子彈急飛，曳光彈的紅色光束，在微明夜空裡交織成棉密的火網。棉花火球發揮了預期的效果，敵人在火光中原形暴露，我部各陣地以最猛急的火力封鎖洶湧的人潮。捌洞洞那邊，傳來悽慘的嚎叫。

——那麼快？

高地上火球迅速的流向麕集在山腳下的敵軍，火球像星星，一顆顆急速的墜下，引起一片鬼嚎哀吟。所有的火力集向捌洞洞高地下沿的敵軍，而伺機利用空隙的解放軍，在捌洞洞高地廝殺不絕時，鼠一般的爬上其他幾個小高地，奪取了我部陣地，而當他們發覺他們奪取的竟只是三、四人兵力的陣地，也不禁傻愣了。葉明發現了小高地被乘隙奪取，便利用訊號傳知各陣地防備。電話機突然又響起了。通訊士又修復被砲火截斷的線路。

葉明拿起話機，通了，接聽的人大聲的吼著，答著，除了槍聲外，什麼都聽不清楚。

「報告連長，我是林建中——」終於聽清楚了，是副連長。

「狀況怎麼……」

還沒講完，話機傳來一陣陣急促的哨音，以及廝殺聲。李火土吼著：「敵軍衝上捌洞洞！」

「什麼？」

「報告連長，我誓死不當俘虜，我……」

話機傳來猛烈的轟然一聲。林建中居然自己拉發手榴彈！他走了。

攻上捌洞洞高地的匪軍，轉移攻向捌洞洞附近的重要陣地衝鋒。

左腿上，忽覺得被球棒猛擊一下……。

葉明身體重心一偏，手本能的扶住散兵坑胸牆。

腿上被一種暖和的黏狀液體浸氾著。

他感覺腳下的沙土被滲濕了，軟軟成泥……。

葉明覺得疲倦極了。

他撫摸著胸前的手榴彈，撫觸著腰間槍管依然滾燙的手槍。

他清楚的計算著，距離完成任務的時間還有三十小時。他和許多弟兄一樣，撕破軍衣綁住腿上的傷口。

敵軍正攻占大半高地。

李火土領著幾位弟兄圍在葉明身邊，對著襲湧上來的敵軍射擊。

他必須保留一發手榴彈。葉明如此認爲。

天色泛起晨曦前的光燦，一種目眩的火亮。

黑夜過去了，他只覺得十分疲倦，一位弟兄倒在他跟前，他把屍體做掩護，對著，裝上子彈，以屍體做掩護，對著坡下的敵人射擊。

葉明看著一個年輕的敵軍倒下去，他手上的槍管冒著煙。

他想到康莉，想到曉凱，他沒有遺憾了。

杜臺生呢？

無線電一直悶悶的哼著，沒有訊號，沒有人接收，無線電士頹然的趴在機上，他被流彈擊中，悄然的走了。

杜臺生呢？

葉明想著他。

曾經，他叫著：槍要鏽死了。

葉明想到以前在島上的日子，也是軍官團活動，軍官們到野外實地操作，在地瓜田邊做著單兵動作。

杜臺生嘴裡咬著嫩青的地瓜葉子嚼著。

——有這麼一天，我——要回家種田。

咔！他把刺刀入鞘。

——就讓槍鏽死吧！

那時候，我們不必打仗了。我們在農村快樂地種田，我們以曾經是軍人爲榮，我們回家了，回家當一名農夫是無比光榮而崇高的。

葉明扣著扳機，子彈沒有了，他重新裝上一個彈匣。

——是的，那時候……

葉明想著。

他撫摸胸前的手榴彈，把其中一枚擲向已經上了坡的敵軍。他必須保留一枚，他和負傷的李火土需要它。

陽光已經出來了。

敵軍的臉逼近了，而他們忽然仰望，且停止攻擊。

天空，一群銀色的鳥族，低飛，放下滿天的黑色的椎形物體。

黑色的重物，重力加速度撲向密集的「解放軍」。

葉明及李火土把子彈一次射完。

他取下唯一的最後一枚手榴彈，擊向坡下慘叫的「人民解放軍」。

無線電機復活了。他聽到聲音了。

傳來的不是密語：

中華民國國軍反攻大陸全面勝利。

×總書記兼國家主席在北京宣佈解散辭職，向中華民國政府投降。

初春的陽光豔豔的照著。沒有砲火，沒有槍聲。

葉明少校滿足的在陽光裡合上眼睛，他想好好的睡一覺，好好的夢一場，在夢裡擁抱他的妻兒，他要告訴康莉：

我要回四川種田。

我要向我的家鄉、我們的土地炫耀；我曾經是一名光榮的軍人。

INK PUBLISHING
文學叢書 066

江山有待

作　　者　履　彊
總 編 輯　初安民
責任編輯　高慧瑩
美術編輯　許秋山
校　　對　余淑宜　履　彊

發 行 人　張書銘
出　　版　INK 印刻出版有限公司
台北縣中和市中正路 800 號 13 樓之 3
電話： 02-22281626
傳真： 02-22281598
e-mail:ink.book@msa.hinet.net
法律顧問　漢全國際法律事務所
林春金律師

總 經 銷　成陽出版股份有限公司
訂購電話： 03-3589000
訂購傳真： 03-3581688
http://www.sudu.cc
郵政劃撥　19000691 成陽出版股份有限公司
印　　刷　海王印刷事業股份有限公司

出版日期　2004 年 9 月 初版
ISBN 986-7420-19-5
定價　240 元

國家圖書館出版品預行編目資料

江山有待／履彊 著.
--初版，--臺北縣中和市： INK 印刻，
2004〔民 93〕面； 公分（文學叢書； 66）

ISBN 986-7420-19-5（平裝）

857.63　　93015456

INK